長編小説

六人の淫ら女上司

睦月影郎

竹書房文庫

目次

※この作品は竹書房文庫のために
書き下ろされたものです。

第一章　美女たちのオフィス

1

「じゃ採用するので、早速今日から働けるかしら？」

「え？　本当に採用して頂けるんですか……」

広田伸夫《ひろたのぶお》は、美人社長に言われ、驚いて身を乗り出した。

何しろ、今日は面接に来てみたが、松江奈津緒《まつえなつお》というまだ四十前の女社長はやけにお高い感じだったから、すぐにダメだろうと諦めていたのだった。

広田伸夫は二十二歳で大学を出たばかり。

就職浪人だったが、元々は作家志望で、とにかくどこかの出版社に入って勉強したかったが、全て落ちてしまった。

そして、この六月になって、湘南にあるローカル誌の出版社で中途採用を募集しているとタウン誌で見て、今日やってきたのである。

元々大学も湘南だったし、アパートも学生時代と変わらず住み続けている。東京の出版社に通うより、地元なら近くて良かった。

実家は静岡で文具屋を営んでいたが、五つ上の兄が結婚して子も出来たので、伸夫の部屋など占領されているだろう。

もう仕送りも切られそうだし、何かバイトを探そうと思っていた矢先、歩いて行ける場所にあるこの出版社、「湘南文芸社」に就職できるのは願ってもなかった。

小さいながら自社ビルで、月刊のタウン誌を出し、他には観光案内やグルメの本を刊行、また地元の郷土史家などの自費出版本も手がけていた。利益の大部分は、タウン誌の広告収入で潤っているらしい。

むしろ小さい社の方が、学ぶことが多い気もする。

「ええ、だって良い大学を出ているし、国文で真面目そうだから働いてもらうわ。でもお給料は安いし仕事はきついわよ」

女社長の奈津緒が、値踏みするように色白で小柄な伸夫を見て言う。非力でスポーツなど苦手なことが、一目で分かったことだろう。

それでも、確かに真面目なのが取り柄で、そこを見込まれたようだ。奈津緒は、かなりワンマンなようで、自分の一存で決められるらしい。

「分かりました。頑張りますので、よろしくお願いします」

スーツ姿で面接に来ていた伸夫は立ち上がり、一礼して答えた。

ビルは海沿いにあり、ここは最上階の五階にある社長室である。

あとは、企画、編集などの会議室が四階にあり、三階は資料室、二階が編集部で、一階の半分は駐車場、あとは受付と出版物の展示などがしてあった。

「じゃ、みんなに紹介するわ。正社員は、私と君を入れて七人。あとは忙しいときのバイトだけ」

奈津緒が立ち上がって言い、社長室を出ると彼も一緒にエレベーターで二階に下りた。伸夫は編集部に案内され、緊張しながら見回すと、四人の女性たちがデスクに向かっていた。

（じょ、女性ばかり……？）

彼は思わず胸を高鳴らせた。

女性たちは様々な年代で、しかも奈津緒社長に劣らぬ美女揃いではないか。そして編集部内には、生ぬるく甘ったるい女性の匂いが立ち籠《こ》めている。

「みんな聞いて。今日から入社することになった広田伸夫さんよ」

奈津緒が言うと、全員が仕事の手を止めて伸夫の方を見た。

「じゃ歳の順に紹介するわね」

奈津緒は言い、まずは奥のデスクに行って三十代半ばのメガネ美女を紹介した。

「広田です。よろしくお願いします」

「水沢《みずさわ》です」

伸夫が挨拶すると、彼女も名刺を出して答え、見ると「部長　水沢百合子《ゆりこ》」とある。デスクにはカメラも置かれているので、取材や撮影もするのだろう。彼は百合子の顔と名刺の名を覚えた。

「こっちが辻井《つじい》さん」

奈津緒が、次のデスクにいる二十代後半の女性を紹介した。

名刺を見ると、辻井怜子《れいこ》とあり課長職。立ち上がると長身で短髪、切れ長の目がきつそうで、颯爽《さっそう》としたアスリート系である。

次が二十代半ばの、ぽっちゃりした巨乳で係長の北川《きたがわ》早苗《さなえ》。色白で、さらに濃く甘ったるい匂いが感じられた。

「以上が役職。彼女は浦見《うらみ》さん」

残った一人はボブカットで神秘的な雰囲気のある二十代前半の平社員、浦見恵理香《えりか》だった。デスクには占いの本が置かれているので、タウン誌の占いコーナーが担当なのかも知れない。

「あとは一階の受付だけよ。降りて自己紹介してきて」

四人の紹介が終わると、奈津緒にそう言われ、伸夫は一人で階段を下り、一階の受付にいる女性に挨拶をした。ビルに入る時にも案内してもらった、可憐な高瀬利奈《たかせりな》である。

「まあ、入社したんですね。よろしくお願いします」

「ええ、こちらこそ」

伸夫は、まだ美少女の面影を残す利奈に頭を下げた。

聞くと、今年の四月に高校を出たばかりの十八歳ということだ。それでも社会人としては、二ヶ月ばかり彼女の方が先輩である。

利奈の話では、家庭を持っているのは社長の奈津緒と、係長の早苗だけで、あとは独身。ただ部長の百合子はバツイチということだ。

「来客とかはあるのかな」

「あまりないわ。たまに広告主が来るだけ。私は怠け者なので、暇な受付で良かったです」

利奈が正直に言い、クスッと肩をすくめた。

(処女だろうか。こんな子と仲良くなりたいな……)

伸夫は思い、やがて二階へ戻っていった。

編集部では四人の女性が仕事をし、奈津緒は五階の社長室に戻ったようだ。

「広田さんのデスクはそこ」

部長のメガネ美女、百合子に言われ、彼は末席の空いたデスクに自分のバッグを置いた。隣は神秘的な雰囲気を漂わせる恵理香である。

「でもすぐ取材に行くわ。広田さんも一緒に来て」

「は、はい!」

カメラを手にして立った百合子に言われ、座ろうとした伸夫は慌てて立ち上がって答えた。すると、係長で巨乳人妻の早苗も一緒に出て来た。

どうやら三人で取材に出るようだ。

一階に下りると駐車場のバンに乗り込み、百合子が運転、早苗が助手席で彼は後部シートに座った。

「部長、どこまで取材でしょう」

後ろから伸夫は、ハンドルを操る百合子に訊《き》いた。

車は、ビルのある海岸道路を東に向かって走りはじめていた。

「役職で呼ばないで。私たちは女同士、名前で呼び合ってるの」

「じゃ、百合子さん、でいいんですか……」

「いいわ、君のことはノブ君でいいわね」

百合子に言われ、伸夫は車内に籠もる二人分の女の匂いとともに、そんな呼ばれ方をされて、やけに胸が高鳴ってしまった。

すると助手席の早苗が振り返って言った。

「ノブ君は彼女いるの？」

「い、いえ、いません。今まで一度も……」

「わあ、もしかしたら童貞？　大人しくて真面目そうだし」

言われて、彼はどう答えて良いか分からずモジモジした。しかし、その反応で童貞だと白状したようなものである。

とにかく伸夫は、高校大学と全く女性に縁が持てず、キスどころか手を握ったことすらなく、もちろん風俗も未経験の完全無垢《むく》であった。

しかし性欲は旺盛で、オナニーなら日に二回三回と抜かないと落ち着いて眠れないほどで、まだ見ぬ女体ばかり妄想していたのだった。

そんなふうに、今まで全く女性と縁がなかったのに、六人もの美女のいる社に就職できて、今夜からオナニーの妄想が充実するだろうと彼は思ってしまった。

「受付の利奈ちゃんとお似合いかも知れないわね。それに恵利香さんも、まだ短大を出て一年目だから、ノブ君より一歳下だわ」

早苗がそう言い、続いて百合子が仕事の話に戻した。

「これから行くのは鎌倉で開店したばかりのレストランよ。少し早いけど、そこでお昼にしましょう。撮影と取材をするの」

「そうですか」

伸夫は答えた。百合子は撮影を担当し、ぽっちゃり型の早苗はグルメ記事の担当者らしい。

「ノブ君、食べ物の好き嫌いは？」

「特にありません。貧乏学生だったので、安ければ何でも」

「そう、アルコールは？」

「友人と会ったときに少しだけ。強くないです」

彼は言い、さらに二人から湘南文芸社の沿革などを聞いた。

まだ創立五年で、元は奈津緒の夫が社長だったが、今は別会社の社長に収まっているらしく、彼女が全て任されているようだった。

奈津緒や百合子に子はなく、六人の中で子持ちは早苗だけのようだ。早苗の夫は銀行員で、二世帯住宅のため、親に子を見てもらっているらしい。

とにかく女同士による和気藹々《あいあい》とした会社で、男の社員は伸夫が初めてらしいが、奈津緒に気に入られたようなので、彼も頑張ろうと思った。

そして車は鎌倉の山間にある、小さなレストランに到着した。

2

「よろしくお願いします」

百合子が店の夫婦に挨拶し、奥のテーブルに座った。にこやかな店主は会社員を定年退職し、夫婦で念願だった店を始めたらしい。

店内はボックス席が三つに、五人ほど座れるカウンターがあり、真新しく明るい店であった。メニューは鎌倉野菜や魚介類を使ったパスタが主で、肉料理やワインも揃っていた。

まだ昼前なので、客はカウンターに二人いるだけである。料理が出来るまで、百合子が店内の撮影をし、早苗は昼間からグラスビールを飲んでいた。

やがてステーキやパスタなど料理が並べられたので、それも撮影をし、三人でそれぞれの皿から少量の料理をつまんで感想をメモした。

伸夫も、小説の創作は好きだが、料理の感想などは初めてで、なかなか思うように書けなかった。

早苗は、何しろ飲み食いが好きらしく、片っ端から口に運んでいた。

何やら大食い大会に出れば優勝出来そうなほどの健啖家《けんたんか》で、しかも食事する姿も気品があるので見ていて気持ちが良かった。メモも取っていないので、全て頭に入っているのだろう。

伸夫は、美女二人が前にいるので緊張して喉に詰まりそうになりながら、懸命に味わいに専念しようと努めた。

さらに早苗がワインの味見もしたので、運転のある百合子はともかく、伸夫も少し飲まされたが、やはり細かい味は分からず旨《うま》いという感想しか出なかった。

何とか食事を終えると、食後のコーヒーを飲み、百合子はなおも夫婦にいくつかの質問をした。

やがて昼時になると来客が増えてきたので、三人は出ることにしたのだった。

とにかく伸夫は、緊張を別にすれば仕事で豪華な昼食が味わえたのである。

三人は車に乗り、社に向かった。

「まあまあだわ。もう少し量が多いと良いけど、あんなものかな」

「どの店だって、早苗さんには物足りないでしょう」

百合子が運転しながら早苗に言う。タウン誌のグルメ記事は、全て早苗が担当しているようだ。

やがて社に着くと、

「じゃ私は原稿にかかるわね」

早苗が言って降りると、伸夫を乗せたまま、また車はスタートした。

「まだ何軒か取材があるわ」

「分かりました」

彼は答え、今度は海岸道路を西へ向かった。

すると、いくらも走らないうち、車は路地に入り、裏口からラブホテルの駐車場に入ったのである。

「さあ、入りましょう」

車を降りた百合子が言い、彼も取材と思って従い、一緒に中に入った。

百合子は空室パネルのボタンを押し、フロントで支払いを終えると彼を促してエレベーターに乗った。三階に行って部屋に入ると、彼女は内側からロックして密室にさせた。

室内にはダブルベッドが据えられ、小さなテーブルとソファが機能的に配置され、テレビや冷蔵庫もあった。もちろん入るのは初めてである。

「しゅ、取材って……」

「ええ、他にあるのは本当だけど、ほとんど済んでいるから時間があるの。それよりまず私はあなたを取材、というより味見したいのよ。嫌？」

メガネ美人の女上司がソファに掛け、レンズの奥から熱っぽく彼を見つめて言った。

「い、嫌じゃないです……」

彼は急激に胸を高鳴らせ、モジモジと答えた。

「私は、ものすごく嫉妬深いの。うちは美人ばかりだからノブ君もそそられるでしょう。それにきっと誰もがノブ君の童貞を奪いたがるわ。でも私が一番乗りしたいの。私は一番地味で器量も良くないけど、最初の女なら興奮してくれるでしょう？」

百合子が言う。どうやら人を羨《うらや》みがちで、自信のないタイプみたいだが、伸夫にとっては女教師か図書委員のような雰囲気の彼女が好みだった。

以前から、こんな年上の美女に手ほどきを受けたいと思っていたのである。

彼女は三十五歳とのことで、伸夫より一回り近く上で、初体験には申し分ない相手であった。

「も、もしかして、これは何かのテストでは……？」

「ううん、本当に君が欲しいの。他の人みたいに美人じゃないけど」

「び、美人ですよ。すごく。僕はメガネの女性が大好きですし」

「そう、ならば脱いで」

百合子は言い、自分からブラウスのボタンを外しはじめた。

「ま、待って、急いでシャワー浴びてきます。ゆうべ入浴したきりなので」

「そんなの平気よ」

百合子は、気が急《せ》くように言って脱いでいった。

「でも、どうかすぐ戻りますので……」

「じゃ私も浴びた方がいい？　私もゆうべお風呂に入ったきりだから」

「いえ、百合子さんはどうかそのままで。初めてなので、女性のナマの匂いも知りたいので」

興奮でしどろもどろに言いながら、彼は脱衣所に入っていった。

震える指で手早く全裸になりながら、鏡に映った自分を見て、

(こんなダサくてモテない男なのに、熟女はそそるんだろうか……)

と幸運な展開が信じられない思いだった。

とにかく昼食後の歯磨きをしながらシャワーを浴び、ボディソープで腋《わき》と股間を念入りに擦って洗い流した。もちろん勃起を抑えて放尿まで済ませ、身体を拭くと腰にバスタオルを巻き、脱いだ服を持って部屋に戻った。

もしかして部屋にオフィスの全員が揃《い》っていて、仕掛けられたドッキリだったらどうしようと思ったが、そんな心配も要らず、すでに百合子は一糸まとわぬ姿でベッドに横たわっていた。

留めてあった髪が下ろされてセミロングになり、メガネも外されて枕元に置かれているので、まるで初対面の美女がそこにいるようだ。

自分では自信が無く、人を羨んだり嫉妬したりするようだが、そんな必要など全くないほどの美形で、しかもプロポーションも良くて、なぜバツイチなのか分からなかった。

「いいわ、初めてならしたいことが山ほどあるでしょう。好きにして」

百合子が言い、伸夫も腰のタオルを外してベッドに上っていった。

甘えるように腕枕してもらうと、

「ああ、可愛い……」

百合子が感極まったように声を洩《も》らし、彼の顔をきつく胸に抱きすくめてきた。

伸夫も、まさか入社一日目でこんな良い思いが出来るなど夢にも思わなかった。そして美熟の女上司を相手に激しく勃起していった。

そして鼻先にある乳首にチュッと吸い付き、夢中で舌で転がしながら、そろそろともう片方の膨らみにも触れていった。

「アア、いい気持ち……」

百合子がすぐにも熱く喘ぎ、クネクネと身悶えながら仰向《あおむ》けに身を投げ出した。

彼ものしかかるように上になり、左右の乳首を交互に含んで舐《な》め回しては、顔中を押し付けて柔らかな膨らみを味わった。

やがて充分に両の乳首を味わうと、彼は恐る恐る百合子の腕を差し上げ、腋の下に顔を埋め込んでいった。好きにして良いと言われていても、拒まれたらどうしようという気持ちがあった。

しかし彼女は拒まず、しかも生ぬるく湿ったそこには色っぽい腋毛が煙っていたのである。

離婚して何年か分からないが、化粧気もなくケアもしていないのは、いま彼氏がいない証《あか》しかも知れない。しかし伸夫は、自然のままの様子に激しく興奮し、昭和の美女に接しているような気になった。

鼻を埋めて嗅ぐと、腋毛の隅々には甘ったるい汗の匂いが濃く沁《し》み付き、悩ましく鼻腔を刺激してきた。

「ああ、いい匂い……」

「あう、ダメ……」

思わず言うと、百合子は羞恥を覚えたようにビクリと反応して呻《うめ》いた。

それでも拒まれることもなく、彼は胸いっぱいに美女の体臭を満たし、やがて白く滑らかな肌を舐め降りていった。

臍《へそ》を探って下腹にも顔を押し付けて弾力を味わったが、まだ股間は勿体《もったい》ないので、腰から脚を舐め降りていった。

せっかく好きにさせてくれているのだから、肝心な部分を舐めて挿入し、あっという間に終えてしまうのはあまりに惜しいので、この際だから初めての女体を隅々まで探検したかった。

脛《すね》にもまばらな体毛があり、それも野趣溢れる魅力に映った。

足首まで下りると、彼は百合子の足裏に回り込み、踵《かかと》から土踏まずを舐め、指の間に鼻を割り込ませて嗅いだ。そこは汗と脂《あぶら》に生ぬるくジットリと湿り、蒸れた匂いが濃く籠もっていた。

伸夫は充分に嗅いでから、爪先にしゃぶり付いて順々に指の股に舌を潜り込ませて味わいはじめた。

3

「アア、何するの、汚いのに……」

百合子が驚いたように声を震わせ、唾液に濡れた指先でキュッと伸夫の舌を挟み付けてきた。

あるいは彼が童貞だから、性急に挿入してくると思ってシャワーを後回しにしたのかも知れない。しかし彼は念入りに両足とも全ての味と匂いを貪《むさぼ》り尽くし、いったん顔を上げた。

「どうか、うつぶせに」

言うと百合子も素直に寝返りを打ち、腹這いになってくれた。

伸夫は踵からアキレス腱、脹《ふく》ら脛《はぎ》を舐め上げ、汗ばんだヒカガミから太腿《ふともも》、尻の丸みをたどって、腰から滑らかな背中を舐め上げていった。

「あう……、感じるわ……」

背中はくすぐったいのか、顔を伏せたまま百合子が呻いた。

ブラのホック痕《あと》は汗の味がし、さらに彼は肩まで行くと髪に顔を埋めて甘い匂いを嗅ぎ、搔《か》き分けて耳の裏側の湿り気も嗅いで舌を這わせた。

そして再び背中を舐め降り、時に脇腹にも寄り道してそっと柔肌を嚙《か》み、白く丸い尻に戻ってきた。

うつ伏せのまま股を開かせて腹這い、尻に顔を寄せて指でムッチリと広げると、谷間には薄桃色の蕾《つぼみ》がひっそり閉じられていた。

単なる排泄器官なのに、それは実に可憐で美しく、彼は吸い寄せられるように鼻を埋め込んでいった。

顔中に弾力ある双丘が密着し、蕾に籠もる蒸れた汗の匂いが鼻腔を搔き回した。

舌を這わせて細かな襞《ひだ》を濡らし、ヌルッと潜り込ませて滑らかな粘膜を味わうと、

「く……、嘘……」

百合子が呻き、肛門でキュッキュッときつく舌先を締め付けてきた。

あるいは爪先も肛門も、元旦那には舐められたことがないのかも知れない。

伸夫は夢中になって舌を出し入れさせ、ようやく顔を上げると再び彼女を仰向けにさせた。

百合子が寝返りを打つと、彼は片方の脚をくぐり、開かれた股間に迫った。

白く張りのある内腿を舐め上げ、熱気と湿り気の籠もる割れ目に目を凝らすと、股間の丘には黒々と艶《つや》のある恥毛がふんわりと茂り、割れ目からはみ出すピンクの陰唇はヌラヌラと大量の愛液に潤っていた。

そっと指を当てて左右に広げると、中も綺麗なピンクの柔肉で、襞の息づく膣口《ちつこう》からは白っぽく濁った粘液も滲《にじ》んでいた。

ポツンとした小さな尿道口も確認でき、包皮の下からは真珠色の光沢あるクリトリスがツンと突き立っていた。

とうとう女体の神秘の部分に到達したのだ。

もちろんネットの裏画像で女性器を見たことはあるが、やはり生身を見るのは計り知れない興奮と感激があった。

「ああ、そんなに見ないで……」

百合子が、股間に彼の熱い視線と息を感じて喘いだ。

もう堪《たま》らず、伸夫も顔を埋め込み、柔らかな茂みに鼻を擦りつけて嗅いだ。

隅々には、生ぬるく蒸れた汗とオシッコの匂いが沁み付き、悩ましく鼻腔を刺激してきた。

「いい匂い……」

「あう……！」

嗅ぎながら思わず股間から言うと、百合子が呻いて、キュッときつく内腿で彼の両頬を挟み付けてきた。

伸夫は胸を満たしながらもがく腰を抱え込み、舌を挿《さ》し入れて淡い酸味のヌメリを掻き回し、膣口からクリトリスまでゆっくり舐め上げていった。

「アアッ……、そこ……」

百合子がビクッと仰《の》け反り、思わず両手を彼の頭に当ててきた。まるで本当に男の顔が股間にあるのを確認するようだ。

やはりクリトリスが最も感じるらしく、伸夫は匂いに噎《む》せ返りながらチロチロと執《しつ》拗《よう》にクリトリスを舐めては、新たに溢れる愛液をすすった。

そして、これから挿入する膣口に指を潜り込ませ、中の潤いや感触を味わうように内壁を擦った。

「あう、ダメ、いきそうよ、今度は私が……！」

すると百合子が言って身を起こし、彼の顔を股間から追い出しにかかったのだ。

やはり指と舌で果てるのは惜しく、早く無垢な男と一つになりたいのだろう。

彼も味と匂いを胸に刻みつけてから身を離し、仰向けになっていった。

すると百合子も入れ替わりに移動し、彼を大股開きにさせると真ん中に腹這いになった。

「ああ……」

伸夫は、生まれて初めて勃起時の股間を近々と見られ、羞恥に声を震わせた。

しかし彼女は、まず伸夫の両脚を浮かせ、尻に迫ってきたのである。

「こんなところ舐められたの初めてよ。きっと君も気持ちいいわ」

百合子が囁き、チロチロと肛門を舐め回し、自分がされたようにヌルッと潜り込ませてきた。

「く……」

伸夫は違和感《いと》に呻き、思わずキュッと肛門で美女の舌先を締め付けた。

彼女も厭わず、中で舌を蠢《うごめ》かせ、熱い鼻息で陰嚢《いんのう》をくすぐった。そしてようやく脚が下ろされ、舌が引き離された。

「ずるいわ。自分ばっかり綺麗に洗って。私の、汚れていなかった？」

「いいえ、いい匂いがしました……」

「まあ……！」

彼女は答え、そのまま今度は鼻先にある陰嚢を舐め回してくれた。

二つの睾丸《こうがん》が舌に転がされ、ここも実に妖《あや》しい快感があった。

そして袋全体が生温かな唾液にまみれると、さらに百合子は前進し、屹立《きつりつ》した肉棒の裏側をゆっくり舐め上げてきたのだ。

「アア……」

滑らかな舌が裏筋を這い、先端に達すると彼はゾクゾクと震えるような快感に喘いだ。セックスと同じぐらい、無垢な男にとってフェラチオは根強い憧れの愛撫なのである。

彼女が震える幹に指を添え、粘液の滲む尿道口をチロチロと舐め回し、張り詰めた亀頭をくわえると、そのままスッポリと喉の奥まで呑み込んでいった。

温かく濡れた美女の口腔に根元まで包まれると、彼はまるで全身が含まれたような快感と奇妙な安らぎを覚えた。

「ンン……」

百合子は熱く呻き、鼻息で恥毛をそよがせながら幹を締め付けて吸い、口の中ではクチュクチュと満遍《まんべん》なく舌が蠢いて、彼自身はどっぷりと温かな唾液に浸った。

さらに彼女が小刻みに顔を上下させ、濡れた口でスポスポとリズミカルな摩擦を繰り返したのだ。

「い、いきそう……」

絶頂を迫らせ、彼は懸命に暴発を堪えながら口走った。

すると百合子もスポンと口を離し、顔を上げた。やはり口に漏《も》らされるより、一つになって彼の童貞を奪いたいのだろう。

「入れたいわ。いい？」

「ええ、どうか上から跨《また》いで下さい……」

「私が上でいいの？」

百合子は言いながら前進し、彼の股間に跨がってきた。伸夫も、初体験は年上の美女に組み伏せられたい願望があったのだ。

彼女は幹に指を添え、先端に割れ目を擦りつけて位置を定めると、息を詰めてゆっくり腰を沈み込ませていった。

たちまち彼自身は、ヌルヌルッと滑らかに根元まで吸い込まれ股間が密着した。

「アアッ……、いいわ、奥まで届く……」

百合子が完全に座り込んで顔を仰け反らせ、無垢なペニスを味わうようにキュッキュッと締め付けて喘いだ。伸夫も股間に重みと温《ぬく》もりを感じ、初体験の快感と感激に浸った。

肉襞の摩擦と締め付け、潤いと温もりが何とも心地よく、挿入時の摩擦だけで果てそうになるのを必死に堪えた。やはり少しでも長く、この快感を味わっていたかったのだ。

「ゆ、百合子さん、どうかメガネを掛けて……」

伸夫が言うと、彼女も枕元に置いたものを手にしてかけてくれて、メガネ美女に戻った。

「本当にメガネが好きなのなら嬉しい。私も、この方が良く見えて有難《ありがた》いわ」

百合子が言い、何度かグリグリと股間を擦り付けてから、やがて身を重ねてきた。

伸夫も下から両手でしがみつくと、胸に乳房が押し付けられて心地よく弾《はず》んだ。

「膝を立てて。動いて抜けるといけないので」

言われて、彼も両膝を立てて百合子の蠢く尻を支えた。

すると彼女が、上からピッタリと唇を重ねてきたのである。

順序がだいぶ後になったが、これが彼にとってのファーストキスである。

柔らかく弾力ある唇が密着し、ほのかな唾液の湿り気が伝わり、熱い息が彼の鼻腔を湿らせた。

舌が潜り込んできたので彼も歯を開いてチロチロと絡み付け、生温かな唾液に濡れて滑らかに蠢く美女の舌を味わった。そして我慢できず、伸夫は下からズンズンと股間を突き上げはじめたのだった。

4

「アア……、いい気持ちよ。でもなるべく我慢して……」

百合子が淫らに唾液の糸を引いて口を離し、熱く喘ぎながら合わせて腰を遣《つか》いはじめた。次第に互いの動きがリズミカルに一致し、クチュクチュと淫らに湿った音が響いてきた。

溢れた愛液が陰嚢の脇を伝い流れ、伸夫の肛門の方まで生ぬるく濡らした。

彼女の開いた口から熱く洩れる息を嗅ぐと、湿り気が胸を満たし、花粉のような甘い匂いに、ほんのりパスタのガーリック臭も混じって鼻腔が刺激された。

（ああ、美女の息の匂い……）

伸夫は興奮を高め、百合子の吐息を貪った。無臭よりも、刺激が混じっていた方が一種のギャップ萌《も》えを感じて、嗅ぐたびに絶頂が迫ってきた。

百合子も、膣内に一点感じる部分があるらしく、そこばかり執拗に先端を受けて擦り続けた。

そのリズムが快感と一致し、もう彼も限界に達してしまった。

「い、いく、気持ちいい……！」

大きな絶頂の快感に全身を貫かれて口走り、伸夫は熱い大量のザーメンをドクンドクンと勢いよくほとばしらせた。

「あう、感じる……、すごいわ、アアーッ……！」

すると百合子も声を上ずらせ、ガクガクと狂おしい痙攣《けいれん》を開始したのだ。

奥深い部分を直撃され、それでオルガスムスのスイッチが入ったのかも知れない。

膣内の収縮と潤いが増し、伸夫は女性の絶頂が凄まじいことに圧倒されながら、心ゆくまで快感を噛み締めた。

初めて、自分の指以外で射精したのだ。その快感は大きく、全身が溶けてしまいそうだった。

それでも惜しまれつつ激情が下降線をたどり、やがて彼は最後の一滴まで出し尽くし、徐々に突き上げを弱めていった。

「アア……」

すると百合子も声を洩らし、肌の強《こわ》ばりを解きながら力を抜いて、グッタリと彼にもたれかかってきた。

互いの動きが止まっても、膣内の収縮は続き、中のザーメンを飲み込むようにキュッキュッと彼自身はきつく締め上げられた。その刺激に、幹が過敏にヒクヒクと内部で跳ね上がった。

「あう、まだ動いてるわ……」

百合子も敏感になっているように呻き、幹の震えを押さえ付けるように締め付けを強めた。

そして伸夫は美女の重みと温もりを受け止め、熱く悩ましい吐息を嗅いで鼻腔を満たしながら、うっとりと快感の余韻に浸り込んでいったのだった。

「すごく良かったわ。中でいけたの初めて……」

百合子が荒い息遣いとともに囁く。してみると、結婚生活の中では挿入による絶頂は体験せず、自分の指だけで果てていたのだろうか。

一度でも主婦をしていれば、膣感覚でのオルガスムスなど熟知しているかと伸夫は思っていたが、それは間違いだったようだ。

「それで、初体験はどうだった？」

「すごく良かったです。感激で、まだ動悸《どうき》が治まりません……」

重なったまま童貞喪失の感想を訊かれ、彼は正直に答えた。

「そう、でも初めてなのに、爪先やお尻なんか舐めるから驚いたわ。女なんて、思っているほど清潔でないことが分かったでしょう」

「いえ、どこも全部いい匂いだったので」

「まあ……」

彼の言葉で羞恥を甦《よみがえ》らせたように百合子が言い、さらにキュッと締め付けてきた。

すると中のヌメリと収縮で、満足げに萎《な》えかけたペニスが押し出されてきた。

「アア、抜けちゃう……」

百合子が名残惜しげに言ったが、間もなく童貞でなくなったペニスはヌルッと抜け落ちてしまった。

するると彼女もようやく上から身を離し、枕元のティッシュを手にし、手早く割れ目を拭《ぬぐ》ってから、濡れたペニスを包み込んで処理してくれた。

オナニー後に自分で空《むな》しく拭くのと違い、生身の相手がいるというのは何という幸せだろうと伸夫は思った。

拭き終えると彼女は添い寝し、呼吸を整えた。

「無垢な子としたの初めてよ。でもこんなに良いとは思わなかった……。主人は横暴で自分本位の行為しかしなかったから」

彼女が言う。

話では、元夫は高校教師で女生徒に手を出して逮捕され、それが離婚の切っ掛けになったらしい。

やはり若い娘の方が良いのかと思うようになり、嫉妬や羨望に囚《とら》われはじめたのだろう。そして彼女は、元夫に全く未練はないものの、欲求だけは溜まっていたようだった。

結婚生活は六年で子はなく、そして離婚して二年が経ったらしい。

「じゃシャワー浴びるわね。まだ回るところがあるから」

百合子が言ってベッドを降り、ティッシュをクズ籠《かご》に捨てると全裸でバスルームに入っていった。

仲夫も起き、ソファに置かれていた彼女の下着を手にしてしまった。

ショーツは薄い布で、あの豊かな股間を覆うには小さいのではと思いつつ、広げて裏返してみた。

股間の当たる部分には、レモン水でも垂らしたようなシミがうっすらと認められ、鼻を埋めて嗅ぐと、繊維に沁み込んだ匂いが悩ましく蒸れて鼻腔を刺激してきた。

(ああ、女の匂い……)

うっとりと酔いしれると、満足しているはずのペニスがムクムクと回復してしまった。やはりまだ自分は大人の女性を相手にするより、こうしてオナニーする方が性《しょう》に合っているのかも知れない。

それでも百合子が出てくる物音がしたので、慌ててショーツを元の位置に戻し、自分も服を抱えて入れ替わりにバスルームに入ってシャワーを浴びた。

彼は何とか勃起と興奮を鎮《しず》め、身体を拭いて身繕《みづくろ》いをした。

何といっても、まだ勤務時間中なのである。

部屋に戻ると、百合子も服を着て髪を留め、元の清楚なメガネ美女に戻っていた。

「またしましょうね。じゃ移動するわ」

「はい」

言われて、仲夫も仕事モードに戻って答えた。

ラブホテルを出て車に乗り込むと、百合子は誰かに見られるのを気にするふうもなく軽やかにスタートして駐車場を出た。それでも表通りではなく裏に出て、路地を抜けてから大通りに行った。

そして辻堂にある店に入り、前に取材したらしい店主に少し話を聞いて撮影をし、あとは海岸風景などを何枚か撮ってから車に戻った。

やがて湘南文芸社に戻ると、

「お帰りなさい」

受付の利奈が可憐な笑窪《えくぼ》で迎えてくれ、仲夫はその清らかな笑顔が眩《まぶ》しく感じられた。

何しろ出るときは童貞で、戻ったときには体験者になっていたのだ。

やがて仲夫は、百合子と二人で二階の編集部に入った。

もちろんみな仕事をし、誰も二人がラブホテルに入ったなど夢にも思っていない様子である。

「じゃ、この原稿をチェックして」

百合子に、次のタウン誌のゲラを渡され、仲夫はようやく自分のデスクで仕事を開始した。

早苗も、昼に食べた料理の感想を素早くパソコンに打ち込んでいた。

恵理香は占いコーナーの原稿に掛かっており、怜子はスポーツ記事のチェックに余念がなく、百合子も自分の原稿に向かいはじめた。

奈津緒は社長室で、広告主たちとの連絡を取っているのだろう。

伸夫もゲラチェックをしながら、どうしても百合子との体験、匂いや感触が甦ってしまい胸がいっぱいになった。

やがて五時の、終業時間になった。

締め切り間際なら皆も残業するのだろうが、今は比較的楽な時期らしく、全員が帰り支度をはじめた。

と、そこへ奈津緒が降りてきて、

「広田さんの歓迎会をしたいけど、みんな来られるかしら」

言うと全員が頷《うなず》いた。みな特に予定もないらしく、唯一の主婦である早苗も、飲み食いのこととなると嬉しそうに立ち上がった。

やがて灯りを消して一階に下り、利奈も誘って戸締まりをすると、店に予約を入れ、七人でゾロゾロと社を出た。そして一同は行きつけらしく、歩いて行ける場所にあるワイン酒場に入ったのだった。

美女六人が半分ずつテーブルに向かい合わせに座り、伸夫は左右三人ずつを見渡せる奥の席だ。

ビールで乾杯したが、唯一の未成年である利奈だけ烏龍《ウーロン》茶である。

みな住まいは近所らしく、夫のいる奈津緒と早苗、そして利奈以外は一人暮らし。利奈は一人っ子で、両親と三人で暮らしているらしい。

やがて料理が運ばれてくると、早苗が旺盛な食欲を見せ、一同もビールからワインやハイボールに切り替えたのだった。

5

「えと、趣味は読書と小説の執筆で、高校は文芸部で、大学でも同人誌を少しやったけど、部員が少なくて消滅しました……」

伸夫は、ほろ酔いで自己紹介させられた。

「わあ、緊張してる」

利奈が可憐な声で言った。

「す、済みません。だって女性たちと食事なんて生まれて初めてだから……」

「そういえばお昼も硬くなってたわね」

早苗が言い、一同は初の男子社員を微笑ましげに見つめた。図々しくて空気の読めないタイプより、ずっと好感が持たれたようだ。

またもや彼は料理やワインの味が分からなくなり、好きなタイプはとか歌はとか、いろいろな質問攻めにあった。

しかし緊張の中でも彼は、初体験したのだということが誇らしく、たまにチラと百合子を見ては心を満たし、さらに他の美女たちもどんな匂いや感触がするのだろうと思う余裕を持ちはじめていた。

やはり体験をするというのは、僅かながらも成長に繋《つな》がるのだろう。

やがてアルコールも料理も片付き、お開きとなった。明日もあるので二次会やカラオケはなしで解散である。

奈津緒がタクシーを呼び、順々に落とすため彼女たちを同乗させた。歩いて帰れるのは伸夫と怜子と早苗の三人だった。

タクシーを見送り、早苗は方角が違うので別れ、伸夫は怜子と一緒に歩いた。

聞くと、かなり近所のハイツに怜子は住んでいて、伸夫のアパートとはものの五分と離れていないようだ。

長身の怜子はほろ酔いでも颯爽と大股に歩き、ほのかに甘い匂いを漂わせていた。話では幼い頃から空手道場に通い、大学時代には女子空手部の主将として多くの大会で活躍していたらしい。

二十九歳となった今はタウン誌でスポーツ全般の記事を担当しており、文化系の伸夫にとっては初めて接するタイプだった。

「時間も早いし、まだ飲み足りないわね。うちで一緒に飲まない？」

怜子が言い、コンビニに向かった。

伸夫も、何か足りないものがなければ買おうかと思いながら一緒に駐車場を横切ると、そこに停まっていた車から二人の男が出てきた。

「へえ、カッコいいお姉さん。一緒にどこか行かない。その弱そうな男は邪魔だからどっか消えろ」

二人とも二十歳前後で柄が悪そうだ。

一人は大柄の短髪、もう一人はズングリの筋肉質で伸夫は緊張に全身が萎縮した。

もちろん喧嘩の経験など皆無である。

「お前らこそ消え失せろ。良い気分なのに目障《めざわ》りだ」

すると怜子が、濃い眉を吊り上げて二人を睨んだのだ。

「威勢がいいな。その方が興奮するぜ」

「やるならさっさとかかってこい。虫けらども！」

「何だと」

怜子の剣幕に気色《けしき》ばんだ一人が迫ると、鈍い音がして一瞬で勝負がついていた。

「むぐ……！」

大柄な男が股間を押さえ、呻きながらうずくまったのである。

「こ、この女……、ぐええ……！」

さらにズングリも、怜子の激しい回し蹴りを脇腹に受けて屈み込んだ。

怜子は、ズングリの男の髪を摑《つか》むなり、その顔を伸夫に突き出した。

「さあ、ノブ。馬鹿にされたんだから一発殴れ」

怜子に睨み付けられ、伸夫は震えながらも意を決し、パチンと拳を男の頬にブチ当てた。

「いててて、突き指を……」

伸夫が拳を押さえて言うと、

「ええい、情けない」

怜子は言うなり、ズングリの股間にも蹴りを入れて倒した。

「何しに生まれてきた。親を殺して自分も死ね！」

さらに怜子は、苦悶して転がっている二人を足蹴にして怒鳴った。

（こ、恐い……）

伸夫は震え上がったが、いきなり怜子に腕を掴まれた。

「さあ、走るぞ！」

「ひいい……」

引っ張られて、伸夫は尻込みしながら怜子に手を引かれて走りはじめた。

「だ、大丈夫かな、あの二人……」

「殺してはいない」

「そうじゃなく、近所ならまた待ち伏せでも……」

「地方のナンバーだったから、観光に来てる奴らだろう」

怜子が言い、そこまで冷静に見ていたのかと伸夫は感心した。

やがて路地に入ると、怜子は彼から手を離してくれた。

「ここ、入って」

怜子は言い、そこにあったハイツの一階隅のドアの鍵《かぎ》を開けた。

伸夫が恐る恐る入ると、すぐに怜子はドアを閉めて内側からロックした。

「上がって」

言われて靴を脱ぎ、灯《あか》りの点けられた部屋に入った。

玄関を入るとすぐにキッチンがあり、奥に部屋があるワンルームタイプ。窓際にベッドがあり、手前に机と本棚にテレビ、あとはテーブルとダンベルなどのストレッチ用具。そして棚には多くの優勝カップが飾られていた。

しかし室内は女性らしい、甘ったるい匂いが立ち籠めている。

「突き指を見せて」

怜子がベッドに腰掛けて言い、また彼の手を握りグイッと引き寄せた。

「も、もう大丈夫です。初めて人を殴ったものだから……」

「ああ、大したことない。私でも指を痛めることがあるから、もっぱら喧嘩では脚だけを使うようにしている」

怜子は指を確認して言ったが手を離さず、そのまま彼を隣に座らせた。

「戦った後で、すごく興奮している。嫌でなければ脱いで。嫌ならすぐ帰れ」

「い、い、嫌じゃないです……」

言われて、伸夫は激しく胸を高鳴らせて答えていた。

「そう、良かった」

怜子は言ってようやく手を離すと、自分から手早く脱ぎはじめた。

小麦色の肌が露わになっていくと、さらに甘ったるい匂いが揺らめいた。

伸夫も立ち上がって手早くスーツとズボン、シャツと靴下、下着まで脱ぎ去ると、全裸になって先にベッドに横たわった。

枕には、怜子の匂いが悩ましく濃厚に沁み付いていた。怜子の髪の匂いや汗や涎《よだれ》などがブレンドされ、その刺激が鼻腔から股間に伝わり、いつしか彼自身はピンピンに勃起していた。

彼女もたちまち一糸まとわぬ姿になり、ベッドに上って伸夫を見下ろしてきた。

「なんて色白で細い体。こんなタイプ初めてだけど、なぜかそそる」

怜子は言い、彼の胸から腹を撫で回し、股間に目を遣《や》った。

「でも、こんなに勃《た》ってて嬉しい」

彼女は熱い視線を注ぎ、しばらくしてからやんわりと幹を握って屈み込むと、舌を伸ばしてチロチロと尿道口を舐め、張り詰めた亀頭をくわえてクチュクチュと舌をからませてきた。

「ああ……」

伸夫は快感に喘ぎ、ヒクヒクと幹を震わせた。

すると怜子がスポンと口を離し、チロリと舌なめずりした。

「匂いが薄い。女の子のようだ」

怜子が言う。まあ午後には百合子と済んだあとシャワーを浴びていたし、あとはろくに動いていないから汗の匂いもほんの僅かだろう。

「本当に童貞？」

「は、はい……」

訊かれて、息を震わせながら伸夫は答えていた。

本当は百合子と体験しているが、無垢と言った方が怜子が悦《よろこ》ぶ気がした。もちろん百合子とのことは誰にも内緒だし、夢中だったので、今も無垢と言ってもそれほど違っていないだろう。

「そう、何だかうんと苛《いじ》めたい」

怜子が言うなり、幹を握ったまま彼の内腿にキュッと歯を食い込ませてきた。

「あう……」

熱い息が肌をくすぐり、頑丈そうな歯並びが容赦なく内腿を噛み、彼は甘美な刺激に呻きながら幹をヒクつかせた。

内腿にはうっすらと歯形が印され、やはり彼女は愛撫も攻撃的のようだ。

やがて怜子は左右の内腿を噛んでから、また亀頭にしゃぶり付いた。

さすがに肝心な部分に歯を立てることはなく、股間に熱い息が籠もった。

彼女はスッポリと喉の奥まで含んで吸い付き、内腿を噛まれても萎えないことに満足そうだった。

伸夫も、何やら美しい牝獣に食われているような興奮に包まれ、尿道口から粘液を滲ませて高まっていったのだった。

第二章　アスリートの熱き蜜

1

「さあ、今度は私にして……」

顔を上げると怜子が仰向けになり、伸夫は入れ替わりに身を起こしていった。

身を投げ出した彼女を見下ろすと、引き締まった肢体に見事な筋肉が浮かんでいた。

乳房はそれほど豊かではないが形良く張りがありそうで、肩や腕は逞《たくま》しく、腹には筋肉が段々になっていた。太腿も筋肉が発達し、強そうな不良二人を倒した脚は長く強靭《きょうじん》なバネが秘められているようだ。

そしてうっすらと汗ばんだ全身からは、生ぬるく甘ったるい匂いが漂っていた。

伸夫は屈み込んでチュッと乳首に吸い付き、舌を這わせながら、もう片方の乳首も指で探った。

「アア……、噛んで……」

怜子がうっとりと喘ぎながら言う。相手を愛撫するときは攻撃的であったが、自分が受け身になったときも、やはり過酷な練習を経てきているから、くすぐったいような微妙な愛撫より、痛いぐらいの強い刺激が欲しいのだろう。

伸夫も前歯で乳首を挟み、コリコリと軽く噛んでやった。

「あう、もっと強く……」

怜子にせがまれ、彼は良いのだろうかと思いつつ徐々に力を込めていった。

「ああ、いい……」

彼女はクネクネと悶えながら喘ぎ、伸夫はもう片方の乳首も舐め回してから、前歯をキュッキュッと立ててやった。

そして両の乳首を充分に味わうと、百合子にもしたように腕を差し上げ、腋の下に鼻を埋め込んで嗅いだ。

そこは生ぬるくジットリ湿り、濃厚に甘ったるい汗の匂いが籠もっていた。

彼は美女の体臭に噎せ返りながら舌を這わせ、引き締まった肌を下降していった。

腹筋の浮かぶ腹をたどり、股間を後回しにして脚を舐め降りると、やはり百合子とは違い腋も脛もスベスベだった。

それにしても、一日に二人もの女性を味わえるなど、何という幸運だろう。

よほど方角が良かったのか、本当に彼は入社して良かったと思ったのだった。

大きく逞しい足裏も舐め、しっかりした足指にも鼻を埋め込み、汗と脂に湿って濃く蒸れた匂いを貪った。

そして胸を満たしてから爪先にしゃぶり付き、順々に指の股を舐め回した。

「あう……、初めてって、そんなところまで舐めたいの……」

怜子が呻き、彼は両脚とも味と匂いが薄れるほど舐め尽くしてしまった。

そして長い脚を大きく開かせ、脚の内側を舐め上げて股間に顔を進めていった。

硬いほど張りと弾力のある内腿をたどり、伸夫は股間に迫る前に、怜子の両脚を浮かせて尻を求めた。

谷間に閉じられたピンクの蕾は、何とレモンの先のように僅かに突き出て、実に艶《なま》めかしい形をしていた。

年中過酷な練習で力んでいた名残だろうか、颯爽たる美人上司も脱がせてみないと、その隅々までは分からないものだと思った。

鼻を埋め込んで蒸れた匂いを貪り、舌を這わせてヌルッと潜り込ませると、

「く……、変な気持ち……」

怜子が息を詰め、キュッときつく肛門で舌先を締め付けてきた。百合子のように、彼女も肛門を舐められたことがないのだろうか。世の中の男は、美女の隅々まで味わっていないのかも知れない。

伸夫が舌を蠢かせ、うっすらと甘苦い滑らかな粘膜を味わうと、鼻先にある割れ目からヌラヌラと大量の愛液が漏れてきた。

ようやく舌を引き離して脚を下ろし、いよいよ割れ目に迫った。

丘の茂みは淡い方で、割れ目からはみ出す陰唇は興奮に色づいて股間全体に熱気と湿り気が籠もっていた。

指で陰唇を左右に広げると、花弁状の膣口が濡れて息づき、何と包皮を押し上げるようにツンと突き出たクリトリスは、親指の先ほどもある大きなものだった。

ピンクの光沢を放つ突起は幼児のペニスのようで、これが彼女の男っぽい力の源《みなもと》のような気がした。

ここも、やはり見てみなければ分からないものである。

伸夫は吸い寄せられるように、怜子の股間にギュッと顔を埋め込んでいった。

柔らかな茂みに鼻を擦りつけて嗅ぐと、やはり蒸れた汗とオシッコの匂いが濃厚に沁み付き、悩ましく鼻腔を刺激してきた。

それでも百合子とは微妙に違う匂いで、やはり個人差や運動量でブレンドが異なるのだろう。

彼は匂いを貪りながら舌を挿し入れ、息づく膣口の襞をクチュクチュ掻き回し、淡い酸味のヌメリを堪能してから、大きなクリトリスまで舐め上げていった。

チロチロと舐め回し、乳首のようにチュッと強く吸い付くと、

「アアッ……！　そこも噛んで……」

怜子が顔を仰け反らせて喘ぎ、彼も大丈夫だろうかと思いつつ、前歯でキュッキュッと噛み締めた。

「あう、いい気持ち……！」

怜子が呻き、内腿できつく彼の顔を挟み付けながら、粗相《そそう》したかと思えるほど大量の愛液を漏らしてきた。

それをすすってはクリトリスを愛咬し続けると、引き締まった下腹がヒクヒクと波打ち、彼も腹這いのまま我慢できないほど勃起してきた。

「い、入れて……」

すると、すっかり高まったように怜子が言うので、彼も身を起こして前進していっ

た。本当は、強い怜子に上になって欲しかったが、彼女はすっかり身を投げ出しているので、初の正常位である。

股間を進めて幹に指を添え、先端を割れ目に擦り付けてヌメリを与えながら、ぎこちなく位置を探った。

「もう少し下……、そう、そこ……」

怜子も息を詰め、腰を浮かせて誘導してくれた。伸夫がグイッと股間を押しつけると、張り詰めた亀頭がズブリと潜り込み、あとは潤いに助けられてヌルヌルッと滑らかに根元まで嵌《は》まり込んでいった。

「アア、いい……」

怜子が顔を仰け反らせて喘ぎ、彼も股間を密着させると、抜けないよう気をつけながら脚を伸ばし、身を重ねていった。彼女も両手で彼を抱き留め、待ち切れないようにズンズンと股間を突き上げはじめた。

中は燃えるように熱く、締め付けも百合子以上にきつかった。あらためて、膣内が左右でなく上下に締まることを実感し、まるで歯のない口に含まれて舌鼓《したつづみ》でも打たれているような快感が得られた。

合わせて腰を突き動かすと、怜子が両手で彼の頬を挟んで引き寄せ、ピッタリと唇が重ねられた。

またキスが最後になってしまった。

「ンン……」

怜子は熱く呻き、長い舌をチロチロとからみつけ、彼も滑らかに蠢く舌の感触と生温かな唾液のヌメリを味わって高まった。

「ああ……、いきそう……、もっと突いて、乱暴に奥まで何度も……」

怜子が口を離して喘ぎ、収縮を活発にさせていった。

鼻を寄せ、口から吐き出されるワインの香気の混じった息を嗅ぐと、シナモンに似た匂いが鼻腔を刺激してきた。これが怜子の匂いなのだろう。

伸夫は美麗な女上司の吐息を嗅いで酔いしれ、いつしか股間をぶつけるように激しい律動を繰り返していた。

ピチャクチャと湿った摩擦音が聞こえ、昼間しているとはいえ、いよいよ伸夫も危うくなってきたが、あまりの快感に腰の動きが止まらなかった。

すると、先に怜子がガクガクと狂おしく腰を跳ね上げはじめたのだ。

「い、いく……、アアーッ……！」

声を上ずらせて口走りなり、彼女はブリッジするように彼を乗せたまま身を反り返らせた。伸夫は暴れ馬にしがみつく思いで、引き抜けないよう懸命に動きを合わせて昇り詰めてしまった。

「く……!」

大きな快感に呻きながら、彼は熱いザーメンをドクンドクンと勢いよく注入した。

「あう、もっと……!」

噴出を感じたように怜子が呻き、さらにキュッキュッときつい締め付けを繰り返して悶えた。

伸夫は心ゆくまで快感を嚙み締め、最後の一滴まで出し尽くしていった。

すっかり満足しながら徐々に力を抜いてゆき、頑丈な彼女に遠慮なく体重を預けて動きを弱めた。

「ああ……、気持ち良かったわ、すごく……」

怜子も満足げに声を洩らし、肌の硬直を解きながらグッタリと四肢を投げ出していった。まだ膣内の収縮は続き、彼自身が中でヒクヒクと過敏に震えた。

そして伸夫は、アスリート美女のかぐわしい吐息を胸いっぱいに嗅いで酔いしれ、うっとりと余韻を味わった。

やがて呼吸を整えると、彼はあまり長く乗っているのも悪いと思い、そろそろと身を起こして股間を引き離した。

「このままバスルームへ……」

するとと怜子が言って起き上がり、ティッシュの処理を省略し、二人でベッドを降りるとバスルームへ移動していったのだった。

2

「こんな華奢《きやしや》な童貞にいかされるとは思わなかったわ。モノは一人前で、テクニックの才能もあるのね」

シャワーを浴び、股間を流した怜子が伸夫の肌を撫でながら言った。

もちろん彼は、女の匂いの立ち籠める狭いバスルームで身を寄せ合ううち、ムクムクと回復してきてしまった。

「あの、女性がオシッコするところ見てみたいです……」

伸夫は、以前からの願望を口にした。

「そんなところが見たいの。いいけど、どうすればいい？」

怜子が応じてくれたので、彼は洗い場の床に座り、彼女を目の前に立たせた。

そして片方の足を浮かせてバスタブのふちに乗せ、開いた股間に顔を埋めた。

湿った茂みに鼻を埋めても、もう大部分の匂いは薄れてしまっていたが、それでも舐めると新たな愛液が湧き出て、ヌラヌラと舌の動きが滑らかになった。

「ああ……、出そうよ。顔にかかるけど、いいのね……」

怜子が、すっかり尿意が高まったように息を詰めて言う。

なおも舐めていると、膣内の柔肉が迫《せ》り出すように盛り上がり、味わいと温もりが変化した。

「で、出ちゃう……」

彼女が膝を震わせて言うなり、チョロチョロと熱い流れがほとばしってきた。

それを舌に受けて味わったが、味も匂いも淡いもので、薄めた桜湯《さくらゆ》のように抵抗なく喉に流し込むことが出来た。

「あう、バカね、飲んでるの……？」

気づいた怜子は言ったが、その体勢を崩すことなく、さらに勢いを付けてゆるゆると放尿を続けてくれた。口から溢れた分が温かく胸から腹に伝い流れ、すっかりピンピンに回復したペニスが心地よく浸された。

かなり溜まっていたようで、長い放尿もようやく勢いが弱まり、間もなく流れが治まった。彼はポタポタ滴《したた》る余りの雫《しずく》をすすり、残り香の中で割れ目を舐め回すと、すぐ残尿が洗い流されるように新たな愛液が溢れ、淡い酸味のヌメリで舌の動きが滑らかになった。

「も、もうダメ……、またいきたくなるから……」

怜子が言って脚を下ろし、彼の顔を股間から引き離して椅子に掛けた。

そしてもう一度シャワーを浴びながら彼の股間を見て、

「まあ、こんなに勃って、まだ足りないの……？」

呆れたように言って触れてくれた。

「ああ、気持ちいい。もう一回だけいきたいです……」

「そう、でも私はもう充分だわ。もう一回したら明日起きられなくなるから、お口で良ければしてあげる」

言われて、彼はドキリと胸を高鳴らせた。女性への口内発射も、今までは夢のまた夢だったのである。

しかも彼女の言葉だけで、たちまち絶頂が迫ってしまった。

「いいわ、ここに座って」

怜子が言い、彼をバスタブのふちに座らせ、開いた股間に顔を寄せてくれた。

そして彼女は伸夫の反応を見るように、チロチロと先端を舐めながら目を上げてじっと彼の顔を見つめていた。

伸夫も、美女の熱い視線を眩しく思いながら懸命に目を見て高まった。

怜子は張り詰めた亀頭をしゃぶり、スッポリ喉の奥まで呑み込みながら、指先ではサワサワと陰嚢を愛撫してくれた。

「ああ、気持ちいい。いきそう……」

ジワジワと絶頂を迫らせながら喘ぐと、さらに彼女も顔を前後させ、濡れた口でスポスポと強烈な摩擦を繰り返したのだ。

快感が高まり、たちまち限界がやって来た。

「い、いく……！　アアッ……！」

伸夫は昇り詰めて口走り、快感とともにありったけの熱いザーメンをドクンドクンと勢いよくほとばしらせてしまった。

「ク……、ンン……」

喉の奥を直撃されて呻きながらも、なおも怜子は摩擦と吸引、舌の蠢きを続行してくれた。

彼は心置きなく、最後の一滴まで出し尽くし、美女の口を汚すという禁断の快感を味わったのだった。

強ばりを解くと、怜子も摩擦を止め、亀頭を含んだまま口に溜まったザーメンをゴクリと飲み込んでくれたのである。

「く……」

嚥下《えんげ》とともに口腔がキュッと締まり、彼は駄目押しの快感に呻いて幹を震わせた。

飲み干すと、ようやく怜子も口を離してくれ、なおも余りを絞るように幹を指でしごき、尿道口に脹らむ白濁の雫までチロチロと丁寧に舐め取ってくれた。

「あう、も、もういいです、有難うございました……」

過敏にヒクヒクと幹を震わせながら、降参するように彼は息を詰めて言った。

自分の生きた精子が、野性的な美女の胃に納まり、吸収されて栄養になることに、言いようのない悦びを感じた。

「二度目なのに多くて濃いわ。やっぱり若いのね」

怜子がヌラリと舌なめずりして言い、彼もバスタブから降りて、もう一度二人でシャワーを浴びた。

やがて身体を拭いて身繕いすると、伸夫も辞すことにした。

「ビールぐらい飲んでいく？」

「いえ、これで帰ります。お世話になりました」

彼は未練を抑えて答えた。

何しろ一緒に密室で美女と過ごしていると、また必ず催《もよお》してしまうに決まっているからだ。

「そう、じゃまた明日ね。毎日スーツでなくて大丈夫よ。ラフな格好でいいわ」

「分かりました。ではまた明日。お休みなさい」

課長に言われ、伸夫は辞儀をしてハイツを出ると自宅アパートに向かった。

大通りに出ると、まだあの不良たちがいるような気がしたので彼は路地を行き継いでアパートに帰ったのだった。

まあサイレンの音も聞こえてこなかったので、おそらく二人とも大怪我はしていないだろう。まして一人の女性に、二人まとめてやっつけられたのだから、恥ずかしくて訴えるようなこともしないだろうと思った。

とにかく伸夫は、夢見心地で自室に戻って着替えた。

六畳一間に万年床、机に本棚にテレビ、あとは押し入れとバストイレ、狭いキッチンには小型冷蔵庫とレンジがあるだけだ。

学生時代から、ここに住んであり、もう五年目である。

そして彼は布団に横になり、入社したことや、百合子と怜子の二人とセックスしたという体験を思い出し、もう一度オナニーしてしまおうかと思った。

しかし、さすがに疲れていたかオナニーもせず、いつしか伸夫は深い眠りに落ちてしまったのだった……。

——翌朝、目覚まし時計で起きた伸夫は、あらためて昨日の出来事を思い出し、夢ではないと確信すると、電子レンジで冷凍ピラフをチンして朝食を終えた。

それにしても、三十五歳でバツイチのメガネ美女と、二十九歳のアスリート美女の両方とセックスできるなど、なんて幸福な一日であっただろう。しかも社の上司であり、二人は部長と課長である。

何やら一生で最も素晴らしい一日だった気がし、彼は童貞を卒業したことを誇らしく思った。

そしてシャワーを浴びながら歯磨きをし、洗濯済みの下着や靴下を履いて、怜子に言われたようにスーツにネクタイではなく、柄シャツに初夏用の薄手ブルゾンを羽織り、スニーカーで出勤したのだった。

3

「おはようございます」

仲夫が、受付の利奈に会ってから二階の編集部に行って挨拶すると、すでに来ていた社長の奈津緒と課長の怜子が笑みを向けた。

「おはよう、その格好の方が動きやすくていいわ。外回りが多いから」

奈津緒がそう言ってくれ、彼は昨夜体験した怜子の顔が眩しかったが、もちろん彼女は何事もなかったように平然としていた。

デスクに着くと、間もなく百合子に早苗、恵理香も続々と出勤してきた。

やがて各自は仕事に就いたが、原稿もイラストも、みな自分たちでこなしてしまい外注はしていないようだった。

特にボブカットの恵理香は、占いの原稿だけではなく可愛らしいイラストも描き、短大時代からここでバイトをして正社員になったらしい。

午前中は、仲夫はタウン誌のゲラチェックをこなしながら、パソコンを使って写真を入れるレイアウト作業などを部長の百合子から教わった。

やがて昼近くになると、彼は早苗と一緒に、また昼食がてら取材に行くことになった。今回は百合子が席を外せないので、伸夫がデジカメを持たせられ、料理の撮影をすることになった。

「じゃ行ってきます」

「早苗さん、昼間からあまり飲まないようにね」

伸夫が立ち上がって言うと、奈津緒が早苗をたしなめた。もっとも早苗は、好き勝手に飲み食いしても原稿は早くて確かなので、ある程度は大目にみてもらっているようだった。

やがて伸夫は早苗と二人で社を出た。

車ではないので、歩いて行ける海岸通りの店らしい。

十分ばかり歩くと、早苗は新装開店ではなく古めかしい大衆食堂に彼を案内した。

伸夫のアパートからも近いが、彼は節約のため外食しないので初めて入る店だった。

「ここが安くて人気があるのよ」

早苗が言い、昼前の早い時間を狙って来たので客は少なかった。テーブルで食事しているのは、早めの昼休みを取ったらしい会社員風が二人いるだけだ。

空いているカウンターに並んで座ると、

「フライ定食二つ、あ、その前に餃子とビールも一本」

早苗が人気メニューを店主に注文し、まずは運ばれてきたビールで乾杯した。

彼女は昼でも夜でも、食事の時には飲まないといられないようだ。

仲夫も、グラスに注がれたビールで喉を潤し、何やら早苗と一緒にいると酒好きと大食いがうつってしまいそうだった。

すでに話は通してあるようで、早苗が店主にいくつか質問をし、仲夫も店内の様子を何枚かデジカメに撮った。

そして餃子が出されると、仲夫が二つ食べるうちに早苗は四つ食べ終えて、瓶《びん》ビールも空にしていた。

やがてメインのフライ定食が運ばれてきたが、その量を見て仲夫は目を丸くした。

丼飯に味噌汁と漬け物、大皿の刻みキャベツの上には、一口カツに海老フライ、コロッケにメンチ、アジフライに唐揚げなどが大盛りに乗っている。

「わあ、嬉しい。頂きましょう」

早苗が言って、どぼどぼとソースを掛けた。彼も量に圧倒されながら写真を撮り、あとは二人で黙々と食事を始めた。

確かに旨いし懐かしい味であるが、こんなことなら朝飯を抜いてくるんだったと仲夫は思った。

早苗は早食いだが実に美味《おい》しそうに、それぞれの素材を味わって頭の中にメモしているようだ。

やがて伸夫は、丼飯と刻みキャベツ、コロッケと唐揚げを残し、味噌汁を飲み干して箸を置いた。

「それ残すの。もらうわ」

「あ、食べかけだから……」

「構わないわ。ご飯お代わりしようと思っていたのだから」

早苗は言い、彼の残した丼飯を引き寄せ、ほとんど空になっている自分の皿に彼の余り物を掻き集めた。

そして彼が茶を飲んで落ち着いていると、早苗も全て綺麗に空にした。

さすがに、何一つ残さず食べ尽くすというのは気持ちの良いものだ。

「じゃ出ましょうか」

他の客たちも、次々に入ってきたので早苗が言って立ち、支払いを終えると二人で店を出た。

「あ、僕のアパートすぐそこなんです」

伸夫は、通りから外れた路地を指して言った。

「そう、そんなに近いの。うちもすぐそこだけど、じゃ休憩に寄らせてもらうわね」

「え……」

言われて、彼は戸惑いながらも早苗を案内した。鍵を開けて中に招き入れると、彼女も悪びれずに上がり込んで、一人暮らしの室内を見回した。

「これが男の子の部屋なのね。じゃ食後の運動をしましょう。全部脱いで」

「あ、あの……」

ブラウスのボタンを外しはじめた早苗を見て、伸夫は混乱しながらゾクゾクと胸を震わせた。

「本当はうちへ誘おうと思ったんだけど、二階に両親がいるし、赤ん坊が泣いたりしたら集中できないから、ここの方が良いわ」

早苗が甘ったるい匂いを漂わせ、ためらいなく脱ぎながら言った。

「そ、その、脱ぐって……」

「そうよ。セックスよ。まだ童貞でしょう？　私はお料理も男の子も、食べるのが大好きなの」

どうやら本気らしく、伸夫も期待と興奮に息を弾ませ、ピンピンに勃起しながら手早く脱いでいった。

何しろ女性がこの部屋に入ったのは初めてのことなのだ。

もちろん無垢なふりをした方が良いことがありそうで、図々しく触ることはせず、彼は全裸になると万年床に横たわった。

たちまち早苗も最後の一枚を脱ぎ去り、色白でぽっちゃりした肢体を息づかせて彼に添い寝してきた。

（うわ……）

目の前にボリューム満点の巨乳が迫り、伸夫は圧倒されて息を呑んだ。

しかも濃く色づいた乳首には、艶めかしく白濁の雫が浮かんでいるではないか。

どうやら母乳が出るらしく、ブラの内部には乳漏れ用パットが装着されているようだ。そして初対面のときから感じた甘ったるい匂いは、体臭ではなく母乳の成分だったのだろう。

思わずチュッと吸い付き、雫を舐め取ると、

「アア……、可愛い……」

早苗は熱く喘ぎ、彼に腕枕しながらギュッと胸に抱いてくれた。

「むぐ……」

伸夫は顔中が搗《つ》きたての餅のような巨乳に埋まり込み、心地よい窒息感に呻いた。隙間から懸命に呼吸すると、肌の温もりとともに、濃厚に甘ったるい匂いが鼻腔を満たしてきた。

乳首を強く唇に挟んで吸うと、生ぬるく薄甘い母乳が滲んできて心地よく舌が濡らされた。懸命に吸い出して喉を潤すと興奮とともに、胸いっぱいに甘い匂いが広がっていった。

「ああ、飲んでくれてるの。嬉しいわ、いい子ね……」

早苗はクネクネと身悶えながら言い、彼の髪を優しく撫で回してくれた。

豊かな膨らみは透けるように白く、実際薄桃色の毛細血管まで透けて見え、実に色っぽかった。

母乳を吸い出す要領も分かり、充分に飲み込むと心なしか乳房の張りが和《やわ》らいできたようだ。もう片方の乳首も含み、新鮮な母乳を吸い出して味わうと、

「アア……、いい気持ち……」

早苗が熱く喘ぎ、仰向けの受け身体勢になったので彼ものしかかり、顔中を膨らみに押し付けて巨乳の感触を味わった。

両の乳首を吸い、母乳も出尽くすと彼は腋の下にも鼻を埋め込んで嗅いだ。

腋はスベスベに手入れされていたが生ぬるくジットリと湿り、何とも濃厚に甘ったるい匂いが籠もっていた。

汗の匂いばかりでなく、軽い腋臭《わきが》なのかも知れず、仲夫は悩ましい女臭に噎せ返りながら激しく興奮を高めた。

充分に胸を満たしてから、彼は白く滑らかな肌を舐め降りていった。

肉づきの良い柔肌は、思い切り嚙みつきたい衝動に駆られる。豊満な腰のラインからムチムチした脚を舐め降り、足裏にも舌を這わせると、

「あう、くすぐったくていい気持ち……」

早苗が腰をくねらせて呻いた。

仲夫は足指の間に鼻を押し付け、汗と脂に湿って蒸れた匂いを貪ってから、爪先にしゃぶり付いて舌を割り込ませた。

「アアッ……、汚いでしょう……」

彼女はビクリと反応して言ったが、彼は念入りに味わい、もう片方の足指の股も味と匂いを貪り尽くしてしまった。

そして股を開かせ、脚の内側を舐め上げて股間に顔を進めていった。

内腿も実に量感があり、割れ目に迫ると熱気と湿り気が顔中を包み込んだ。

恥毛は案外濃く茂り、丸みを帯びた割れ目からはみ出す陰唇は小振りな感じだ。指で広げると、柔肉全体がヌラヌラと熱く潤い、息づく膣口からは母乳のように白濁した粘液が滲んでいた。

光沢あるクリトリスは小豆《あずき》大でツンと突き立ち、彼は充分に眺めてから早苗の両脚を浮かせ、先に豊満な尻に迫っていった。

谷間の蕾は可憐なおちょぼ口をして襞を震わせ、鼻を埋め込むと豊満な双丘が顔中に心地よく密着した。

蕾に籠もった蒸れた匂いを貪り、チロチロと舌を這わせてヌルッと潜り込ませ、滑らかな粘膜を探ると、

「く……、いい気持ち……」

早苗は呻きつつも抵抗なく受け入れ、モグモグと肛門を蠢かせて舌を締め付けた。

伸夫も充分に舌を動かしてから脚を下ろし、いよいよ濡れた割れ目に顔を埋め込んでいった。

茂みに鼻を擦りつけると、汗とオシッコの匂いが鼻腔を刺激し、それに大量の愛液による生臭い成分も混じって胸を掻き回した。

舌を挿し入れて膣口を探り、淡い酸味のヌメリを舐め取りながらクリトリスまでた

どっていくと、

「アアッ……、いい……！」

早苗が顔を仰け反らせ、内腿でムッチリと彼の顔を挟み付けながら喘いだ。

伸夫も執拗にクリトリスを舐め、乳首のように吸い付いては愛液をすすった。

4

「ゆ、指を入れて、前にも後ろにも……」

早苗が貪欲にせがむと、伸夫も両の人差し指をそれぞれ彼女の肛門と膣口にあてがい、ゆっくり潜り込ませていった。

「あう、前の方は指二本にして……」

細かな指示を出され、彼も膣内には二本の指を押し込み、前後の穴を塞いで内壁を擦りながら、さらにクリトリスに吸い付いた。

どちらも内部は温かく、きつく指が締め付けられた。両手を縮めてクリトリスを舐めているので、腕が痺れそうだが彼女が感じているので彼も懸命に愛撫を続けた。

「ま、待って、もうダメよ、いきそうだわ……」

やがて絶頂を迫らせた早苗が言って身を起こしたので、伸夫も前後の穴から指を引き抜いた。

肛門に入っていた指に汚れはないが、生々しい微香が感じられた。膣内にあった二本の指は攪拌《かくはん》されて白濁した粘液にまみれ、指の股には膜まで張って、指の腹はふやけて湯上がりのようにシワになっていた。

ようやく彼は股間から身を離し、入れ替わりに仰向けになっていった。

すると彼女も移動して伸夫の股間に顔を寄せ、

「硬いわ。嬉しい……」

やんわりと強ばりを手のひらに包み込んで囁き、舌を伸ばすとチロチロと粘液の滲む尿道口を舐め回してくれた。

張り詰めた亀頭にもしゃぶり付き、スッポリと喉の奥まで呑み込んで幹を締め付けて吸い、口の中ではクチュクチュと舌がからみついてきた。

「ああ、気持ちいい……」

伸夫はうっとりと快感に喘ぎ、美女の口の中で唾液に濡れた幹を震わせた。

「ンン……」

早苗も熱く鼻を鳴らし、健啖家らしく強く貪った。さらに顔を上下させ、スポスポと強烈な摩擦を繰り返しはじめたのだ。

「い、いきそう……」

「まだ出さないでね」

彼が口走ると、早苗はすぐにスポンと口を離して言った。そして胸を突き出すと、柔らかな巨乳の谷間にペニスを挟み、両側から揉んでくれた。

「アア……」

伸夫は肌の温もりと柔らかな膨らみで揉みくちゃにされ、パイズリの新鮮な快感に喘いだ。

「入れたいわ。上から跨いでいい?」

「ええ、お願いします……」

早苗が言うので彼も頷くと、すぐにも彼女は身を起こして前進してきた。

先端に濡れた割れ目を押し当て、息を詰めて腰を沈ませていくと、たちまち彼自身はヌルヌルッと滑らかに呑み込まれていった。

「アアッ……、感じるわ……」

早苗が完全に座り込んで喘ぎ、味わうようにキュッキュッと締め上げてきた。

彼は温もりと感触を味わい、出産しても収縮と締め付けがきついことを実感した。

豊満な早苗は、いくらも上体を起こしていられないように、すぐにも彼に身を重ねてきた。仲夫も下から両手を回してしがみつき、僅かに両膝を立てて蠢く豊満な尻を支えた。

見ると、また乳首から母乳が滲んでいるので、

「顔に垂らして……」

言うと早苗もすぐ胸を突き出し、両の乳首をつまんでくれた。

生ぬるい母乳がポタポタと滴り、さらに無数の乳腺から霧状になったものが顔中に降りかかった。

「ああ……」

仲夫は甘ったるい匂いに喘ぎ、顔中生ぬるい母乳にヌラヌラとまみれながら内部で幹を震わせた。そして彼が左右の濡れた乳首を舐めると、早苗も徐々に腰を動かしはじめていった。

上からピッタリと唇が重ねられると、彼も舌をからめ、生温かな唾液をすすりながらズンズンと股間を突き上げた。

「アア……、いい気持ち、すぐいきそうよ……」

早苗が口を離して喘ぎ、熱く湿り気ある息を嗅ぐと、それは百合子に似た花粉臭に

食後の様々な匂いがブレンドされて悩ましく鼻腔を刺激してきた。

「ああ、息がいい匂い……」

嗅ぎながら思わず言うと、

「本当？　歯磨きもしていないのに」

早苗が急に羞恥を覚えたように声を震わせた。

「うん、女の匂いがする……。ね、空気を呑み込んでゲップしてみて……」

「そんな、はしたないこと……、うんと嫌な匂いだったらどうするの……」

「もっとメロメロになっちゃう」

伸夫が答えると、膣内のペニスの膨張と震えで、本心から彼が求めていると察したか、早苗も懸命に息を呑み込んだ。

「下の歯を、僕の鼻の下に引っかけて……」

言うと早苗も口を開き、下の歯並びを鼻の下に当ててくれた。

嗅ぐと、口の中はさらに濃厚な匂いが熱く籠もり、下の歯の裏側の淡いプラーク臭まで感じられた。

匂いに酔いしれながら激しく股間を突き上げ続けると、

「ウ……」

何度か息を呑み込んだ早苗は高まって呻くなり、ケフッと軽やかなおくびを洩らしてくれた。吸い込むと、鼻腔いっぱいに悩ましい匂いが満ち、ほのかなコロッケ臭を混じらせて胸に沁み込んだ。

「い、いく……、気持ちいい……！」

たちまち伸夫は口走り、美女の刺激臭というギャップ萌えに昇り詰めてしまった。

同時に、熱い大量のザーメンがドクンドクンと勢いよく中にほとばしると、

「い、いいわ、アアーッ……！」

早苗も声を上ずらせ、ガクガクと狂おしいオルガスムスの痙攣を開始した。

収縮と締め付けが最高潮になり、彼は心ゆくまで快感を噛み締め、最後の一滴まで出し尽くしてしまった。

大きな満足に包まれながら、徐々に突き上げを弱めていくと、

「ああ……、こんなに良かったのは初めて……」

早苗も硬直を解きながら言い、グッタリともたれかかってきた。

男を食べるのが好きと言いながら、妊娠以来すっかり夫とも交渉がなく、他の男にも会う機会がなかったようだ。

伸夫自身は中で締め付けられながらヒクヒクと過敏に幹を跳ね上げ、豊満な美人妻

の熱く濃厚な吐息を嗅いで鼻腔をいっぱいに満たし、うっとりと快感の余韻を味わったのだった。

やがて呼吸を整えると、

「シャワー借りるわね……」

早苗が言ってそろそろと股間を引き離したので、彼も起き上がると先にバスルームに入ってシャワーの湯を出した。

早苗も来て互いに全身を洗い流すと、まだ勤務時間中だというのに、狭い中で身を寄せ合ううち彼自身はムクムクと回復してしまった。

「まあ、また勃ってしまうの……？」

気づいた早苗が驚いて言う。夫もまだ三十歳前だろうが、立て続けの二回は出来ないのだろう。

「はい、もう一回出して、すっきりして午後の仕事をしたい」

「時間もあまりないけど、お口でもいい？」

早苗も目をキラキラさせて言った。やはり続けての挿入だと、力が抜けて午後の仕事に差し障るようだ。

「うん、お願いします。でもその前にオシッコ出すところ見たい」

伸夫が床に座って言い、彼女を前に立たせた。そして突き出させた股間に顔を埋めると、

「いいの？　出そうよ……」

すぐにも尿意を高めたらしい早苗が息を詰めて言った。

「うん、少しだけ飲んでみたい」

「まあ、ミルクでも何でも飲むのが好きなのね」

早苗が、自分は飲食が好きな癖に、彼の性癖には呆れたように言った。

「あう、出るわ。いいのね……」

そして彼女が言うなり、熱い流れが出てきた。男と違い筒がないので、割れ目内部に溜まったものが溢れて滴り、内腿にまで伝い流れながらも、ようやく捻《ひね》りを加えた流れがチョロチョロと彼の顔に注がれた。

舌に受け止めたが、味も匂いもそれほどの刺激はなく、彼は喉に流し込んだ。

「アア……、こんなことするなんて……」

早苗が声を震わせて言い、勢いがつくと口から溢れた分が肌を心地よく濡らした。

伸夫は美人妻の出したものを浴びて、味と匂いに酔いしれながら幹を震わせた。

やがて流れが治まると、彼は匂いを貪りながら余りの雫をすすり、割れ目内部を舐

め回した。

「あう、もうダメ、私までしたくなってしまうから……」

早苗が言ってビクリと腰を引いて座り込んだので、彼はもう一度二人でシャワーを浴び、身体を拭くと部屋の布団に戻っていったのだった。

5

「どうしてほしいの……」

伸夫に添い寝し、早苗が肌を寄せながら囁いた。

「いきそうになるまで指でして……」

仰向けになって言うと、彼女も幹を握って優しく動かしはじめた。

「唾《つば》飲ませて」

「本当に何でも飲みたがるのね。私も早くノブ君のミルク飲んであげたい」

早苗の言葉に高まりながら顔を引き寄せると、彼女もたっぷりと唾液を溜めて唇をすぼめ、白っぽく小泡の多い唾液をトロトロと吐き出してくれた。

舌に受けて味わい、生温かなシロップで喉を潤すと、

「美味しい？」

早苗が囁くので、彼は頷きながら、さらに彼女の開いた口に鼻を押し込んで濃厚な吐息を嗅いだ。

「ああ、匂いでいきそう……」

「恥ずかしいわ……」

早苗は言いながらも、熱い息を好きなだけ嗅がせてくれた。その間も、ニギニギと微妙な指のタッチでペニスが愛撫されていた。

「いく……、顔に跨がって……」

すっかり高まった伸夫が言うと、早苗も急いで移動するとペニスに口を寄せてパクッとくわえ、さらに女上位のシックスナインで彼の顔に跨がってくれた。

そして彼女がスポスポと顔を上下させて摩擦を始めると、伸夫は顔に迫る割れ目と肛門を見上げながら快感を味わった。

熱い鼻息が陰嚢をくすぐり、溢れた唾液が肛門の方にまで生温かく伝い流れた。

顔を上げてヌメリをすすり、クリトリスを舐め回すと、

「あう、ダメ、集中できないから……」

早苗が口を離して言った。

「うん、じゃ見るだけにする」

彼が答えると、あらためて早苗は視線を感じて羞《は》じらいに尻をくねらせながら、再び含んで摩擦してくれた。

「アアッ……、気持ちいい……！」

たちまち伸夫は絶頂に達して喘ぎ、大きな快感に全身を貫かれた。

同時に、ありったけの熱いザーメンがドクンドクンとほとばしり、勢いよく早苗の喉の奥を直撃した。

「ンン……」

早苗が熱く呻き、噴出を受け止めてくれた。

口内発射は怜子に続いて二度目だが、早苗は怜子と違い、より貪欲に強く吸ってくれたので、何やらペニスがストローと化し、陰嚢から直《じか》に吸い出されているような激しい快感が得られた。

だから美女の口を汚しているというより、彼女の意思で魂《たましい》まで吸い取られているような気がした。

「ああ、すごい……」

強烈な快感に腰を浮かせて仰け反り、伸夫は喘ぎながら、心置きなく最後の一滴まで出し尽くしてしまった。

彼女もザーメンを受け止めながら興奮を高めているのか、見上げる割れ目からは、とうとう愛液がツツーッと糸を引いて溢れてきた。

伸夫は顔を濡らされながら満足し、グッタリと身を投げ出していった。

ようやく早苗も動きを止め、ペニスを含んだままゴクリと喉を鳴らして飲み込んでくれた。

彼は締まる口腔に刺激され、駄目押しの快感を得てから力を抜いた。

この飲み込んだザーメンが吸収され、やがて赤ん坊のための母乳になるのだろう。

早苗も口を離し、なおも幹をしごきながら余りの雫の滲む尿道口をチロチロと丁寧に舐め回した。

「あう、もういいです……」

すっかり満足しながら腰をよじって言うと、早苗も舌を引っ込めて身を起こした。

「さあ、すっきりしたでしょう。じゃ会社に戻りましょうね」

彼女が言って、もうシャワーは良いらしく手早く身繕いをはじめた。

伸夫も余韻を味わい、呼吸を整えてから起き上がって服を着た。

仕度を調《ととの》えると、早苗は洗面所の鏡で少しだけ髪を直し、やがて二人でアパートを出た。

「遅くなって、皆に変に思われないですかね……」

「もう一軒寄ったことにするから大丈夫。それに、そんなに時間は経っていないわ」

心配になって訊くと、早苗も時計を見て平然と答えた。

確かに、食事のときも彼女は早食いだったから、それほど食堂に長居していたわけでもないのだ。

やがて二人で社に戻ると、皆は会釈だけして自分の仕事に専念していた。

と、そこへ奈津緒が降りてきて伸夫に出来たての名刺を渡してくれた。

初めて持つ名刺に、彼も社会人になったという自覚を持った。

もっともまだ入社二日目で、したことといえば三人の上司たちとのセックスだけである。

「広告主たちに顔見せの挨拶に行くわ」

「分かりました」

伸夫は、座ったのにすぐ立ち上がって答え、奈津緒と一緒にまた社を出て駐車場に行ったが、彼は自分の服が気になった。

「スーツでなくていいんでしょうか。何かバイトみたいだし、何なら近いので着替えに戻りますが」

彼は言い、自分の部屋にはまだ早苗の匂いが残っているだろうなと思った。

「それで構わないわ」

奈津緒は言い、彼をバンの助手席に乗せてスタートした。

そしてタウン誌に広告を載せている商店街の老舗《しにせ》や旅館、画廊喫茶やダンススクールなどを順々に挨拶に回った。

「おお、やっと女の園に男が入社したか。羨ましい」

どの店主たちも、気さくな笑顔で彼に話しかけてくれて、大学時代はさして意識しなかったが、今ようやく地元に根ざし始めたのだなと伸夫は思った。

しかし和菓子店や土産物《みやげもの》屋を回ると、試食用の饅頭《まんじゅう》や煎餅《せんべい》を出され、笑顔で旨そうに食わなければならないので、小食の彼は閉口した。

やがて彼は湘南一帯にある各店舗を奈津緒に案内され、初めて知る店や界隈の風景を新鮮に感じたのだった。そして自分も、この町のドラマの登場人物に加えられたような気がした。

社に戻ると、すでに午後五時を少し回り、大部分の社員は帰っていた。

残っているのは、ボブカットの不思議ちゃんの恵理香だけである。

「みんな帰りました」

「そう、あなたもノブ君と帰っていいわ」

恵利香が言うと、社長の奈津緒がそう答えた。そして、まだ残務整理や戸締まりが残っている奈津緒にあとを任せ、伸夫は恵理香と一緒に退社したのだった。

「夕食奢《おご》ってくれます？　どうせ一人でしょう。私もそうなの」

歩きながら恵利香が言う。

「いいですよ。あまりおなかは空いてないけど」

一歳年下ということだが、一応先輩なので彼は丁寧語で答えた。それに、妖しく神秘的な雰囲気のある恵理香との食事は惹《ひ》かれるものがあった。

「じゃ、あそこへ」

恵理香が海岸道路を進んで言い、皆と行ったワイン酒場より、もう少し高級な店へと彼を招いたのだった。

伸夫は少し財布の中身を心配したが、毎日の取材で昼食は浮いているし昨夜は歓迎会で彼は奢ってもらったし、何とか大丈夫だろう。

窓際の席で差し向かいになり、まずはグラスビールで乾杯した。

そして恵理香が、グラスワインや料理をいくつか注文した。

よく見ると恵理香の服も装飾品も、実に高級そうである。やがて料理が運ばれてきたが、飲み食いの仕草は実に気品に満ちており、金持ちのお嬢さんなのかも知れない。

しかし早苗のように、質より量といった大食いではなく、良いものを少しずつ味わうタイプのようだった。

「恵理香さんは、高校の時は何部だったの？」

「文芸部」

「そう、僕と同じだ」

話しかけても、恵理香は短く答えるだけで、自分から話題を振ろうとしない。

かなり無口なようで、話題を合わせる手間は要らないが、美女と差し向かいで黙々とする食事は、やはり緊張で喉が詰まりそうになった。

それでも少しずつ話すうち、親と社宅住まいだったが転勤になったので自分一人湘南に残り、コーポで一人暮らしをしているというから、それほど金持ちの家ではないようだった。

食事を終えると、恵理香は化粧室に中座して間もなく戻り、店を出ることにした。

勘定書を見ると二万円近くになっていたので、伸夫はカードで支払った。

「来て」

するとと恵理香が店の前でタクシーを停めて言い、伸夫も一緒に乗り込んだ。

運転手に告げたのは、そう遠くではないので、もう一軒行きたいのかと思い、高い店かなと少し不安になった。

しかし着いたのは、彼女の住むコーポの前であった。

第三章　少女の悩ましき匂い

1

「うわ、すごい……」

招かれるまま恵理香の部屋に入ると、伸夫は室内を見回して感嘆した。

2Kらしいが、室内のほとんどは蔵書とアンティークな小物や装飾品に満ち溢れているではないか。背表紙を見れば大部分は占術や神秘学で、まだ二十一歳で千冊近くあると思われる蔵書は圧巻である。

しかし室内には、甘ったるい匂いも籠《こ》もり、密室に入ると彼の股間がゾクゾクと反応してきてしまった。

パソコンはあるがテレビはなく、あとは小さなテーブルだけだ。

そして二部屋に満ちる本や妖しげな小物の向こうに、ベッドが据えられていた。

しかし整理されているので乱雑な印象はなく、キッチンの流しも清潔だった。

「私はすごく欲が深いの」

恵理香は、彼に適当に座るよう促して言った。

「欲が……？」

「ええ、欲しいものは何でも手に入れたくなる。だからあなたも欲しくなったの。みんな狙っているようだし」

会社の先輩ＯＬが神秘の眼差《まなざ》しで言い、目的がはっきりすると遠慮なく彼は勃起しはじめ、夕食の出費も痛いと思わなくなっていた。

「まだ未経験なのでしょう？」

さらに恵利香が言う。

占術をする神秘の眼差しで、他の女性たちが彼を狙っていることは分かっても、彼がすでに体験者ということまでは見抜けないようだった。よほど伸夫は大人しく、女性運に恵まれていない印象を持っているのだろう。

「え、恵理香さんは、体験は……？」

伸夫は、逆に恐る恐る訊いてみた。

「もちろんあるわ。うちのオフィスで処女は、一応、女子高を出たばかりの利奈だけ。もっとも私の相手は、うんと年上のオジサンばかりだけど」

彼女が淡々と答え、一応とはどういうことか分からないが、利奈だけは処女かと伸夫も納得した。

してみると、この部屋にある多くの本やアクセサリーなどは、金持ちのオジサンたちに買ってもらったものなのかも知れない。

「今も？」

「今は彼氏はいないわ。じゃ早く脱ぎましょう」

恵理香が言って脱ぎはじめたので、伸夫も期待と興奮に胸を震わせながら手早く脱いでいった。

もちろん昼間に早苗を相手に二回も射精しているが、相手さえ変われば男は何度でも出来るものらしい。もっとも飢えきっている彼は、同じ女性相手でも、いくらでも出来そうだった。

先に全裸になり、奥の窓際にあるベッドに横になると、お人形のような美女でも、やはり枕には悩ましい匂いが沁み付いていた。

たちまち恵理香も、ためらいなく最後の一枚まで脱ぎ去ってベッドに上ってきた。

そして顔を寄せて、近々と彼を見つめてきた。

仲夫も見上げるとレストランの化粧室でメイクしたのか、清楚な就業中ではなく、アイシャドーも濃く形良い唇が真っ赤な光沢を放っていた。

あるいは濃いめのメイクが、恵理香にとってセックスする前のルーティーンなのかもしれない。

大きく描かれた眼差しで仲夫の目を覗き込んでから、恵理香は上からピッタリと唇を重ねてきた。

仲夫は初めて、最初にキスをするという真っ当な相手に巡り会えた思いだったが、彼女を真っ当と思ったのはこの時だけであった。

紅の塗られた唇の密着する感触と、唾液の湿り気が感じられ、恵理香の熱い息が彼の鼻腔を心地よく湿らせた。

すると長い舌がヌルリと潜り込み、彼が歯を開いて受け入れるとチロチロと蠢き、口の中を隅々まで舐め回しはじめた。仲夫も生温かな唾液に濡れてからみつく滑らかな舌を舐め、ゾクゾクと興奮を高めていった。

すると急に彼の舌が熱く濡れてきたのだ。どうやら唇を重ねたまま、恵理香がトロトロと大量の唾液を注ぎ込んでいるようだ。

欲が深いと言っていたが、相手に与えるのも好きなのかも知れない。

伸夫は小泡の多いシロップを味わい、うっとりとしながら喉を潤すと、じっと彼の目を見つめていた恵理香の大きな目が、僅かに満足げに細められた。

あるいは、ちゃんと飲み込めるか、相手が自分の好みの男かどうか試したのではないだろうか。

さらに口移しに唾液が注がれると、伸夫は甘美な悦びに胸を満たして酔いしれた。

ようやく恵理香が口を離し、そのまま彼の頬を舐め、鼻の頭から額までペローリと舐め上げてきた。

「ああ、気持ちいい……」

彼は、美女の舌の感触と唾液のヌメリに喘いだ。

恵理香の吐息は熱い湿り気とともに、濃厚に甘酸っぱい果実臭が含まれていた。

彼女は耳の穴にも舌先を潜り込ませ、思わず伸夫はビクリと肩をすくめた。

聞こえるのは、クチュクチュという舌の蠢きだけで、何やら頭の中まで舐め回されている気分になった。

そして恵理香は彼の耳たぶをキュッときつく噛み、首筋にも舌を這わせてきた。

「あう……」

首筋も、ゾクリとするほどの快感で、思わず彼は反応して呻いた。

そのまま彼女は伸夫の胸から腹を舐め降りた。

愛撫ではなく、あくまで自身の欲望で初めての男を賞味しているようだ。

熱い息でくすぐられる彼の肌には、まるでナメクジでも這ったような唾液の痕が縦横に印された。

股間に達すると恵理香は彼を大股開きにさせ、その前に陣取った。すると両脚が浮かされ、彼女は太腿から尻までキュッキュッと歯を立てて移動したのだ。

「く……！」

伸夫は、くすぐったいような痛いような、微妙な快感に呻きながら、浮かせた脚をガクガク震わせた。

「自分でお尻を開いて、肛門舐めてって言って」

恵理香が口を離して言い、彼も朦朧《もうろう》としながら自ら尻の谷間を広げ、肛門まで丸見えにさせた。

「こ、肛門舐めて……」

羞恥プレイに声を震わせて言うと、すぐに恵理香も顔を埋め、チロチロと舌を這わせ、ヌルッと長い舌を肛門に潜り込ませてくれた。

「あう、気持ちいい……」

伸夫は妖しい快感に呻きながら、中で蠢く舌を肛門でキュッと締め付けた。

恵理香も熱い鼻息で陰嚢をくすぐりながら舌を動かし、そのたび内側から刺激されるように勃起したペニスがヒクヒクと上下し、先端から粘液を滲ませた。

ようやく脚が下ろされると、そのまま恵理香は鼻先にある陰嚢をチロチロと舐め回し、二つの睾丸を転がした。

ここもゾクゾクするほど心地よく、彼は股間に熱い息を受けながら悶えた。

そして恵理香が前進し、屹立して震える肉棒の裏側をゆっくり舐め上げ、先端まで来ると濡れた尿道口を舐め回し、丸く開いた口で亀頭をくわえ、モグモグとたぐるように喉の奥まで呑み込んでいった。

黒髪がサラリと股間を覆い、内部に熱い息が籠もった。

付け根近い幹を口で締め付けて強く吸い、中ではクチュクチュと舌が蠢いて、たちまち彼自身は妖しい美女の唾液にどっぷりと浸った。

恵理香は顔を上下させ、スポスポと摩擦を開始したが、

「い、いきそう……」

すっかり高まった伸夫が言うと、彼女もチュパッと口を引き離した。

やはり口に受ける気はないようで、移動して添い寝すると、今度は愛撫を受ける側に回ったように身を投げ出してきた。

伸夫は身を起こし、均整の取れた肢体を見下ろしてから、まず足裏に屈み込んで舌を這わせ、指の間に鼻を押し付けて嗅いだ。

恵理香は、真っ先に足裏を舐められたことに驚きもせず、愛撫のお手並み拝見というようにじっとして、彼の顔を見つめたままだった。

指の股は、やはり他の例に洩れず生ぬるい汗と脂にジットリ湿り、ムレムレの匂いを濃く沁み付かせていた。

彼は充分に嗅いでから爪先にしゃぶり付き、指の股に舌を割り込ませて味わい、両足とも味と匂いを貪り尽くしたのだった。

しかし恵理香はビクリとも反応せず、息一つ乱さずに、じっと彼を見ていた。

まるで人形のようだが、それでもナマの匂いはさせているので、彼もいよいよ股を開かせ、滑らかな脚の内側を舐め上げていった。

ムッチリした白い内腿をたどり、割れ目に行く前に彼は自分がされたように恵理香の両脚を浮かせ、尻に迫った。谷間には、薄桃色の可憐な蕾がひっそり閉じられ、微かに収縮していた。

鼻を埋め込んで嗅ぐと、蒸れた淡いビネガー臭が籠もり、鼻腔を刺激してきた。

あるいはシャワー付きトイレなど使わないのかも知れず、伸夫は生々しい匂いに陶《とう》然《ぜん》となり、充分に嗅ぎまくってから舌を這わせた。

ヌルッと潜り込ませ、微妙に甘苦く滑らかな粘膜を探ったが、やはり恵理香は声も洩らさず、それでもモグモグと肛門で舌先を締め付けた。

彼は味わってから脚を下ろし、鼻先の割れ目を見ると、喘ぎ声が無反応の割りには大量の愛液でヌルヌルに潤っていたのである。

2

「ね、割れ目を広げて、オマ×コ舐めてって言って」

伸夫は、自分が言わされたように羞恥プレイのお返しで股間から言った。

「嫌よ。命令されるのはダメなの」

恵理香が静かに答える。

「別に命令じゃなくお願いなんだけど、まあいいや、じゃ舐めるね」

伸夫は答え、恵理香の割れ目を観察した。

丘に煙る恥毛は楚々《そそ》として淡く、割れ目からはみ出す陰唇を指で広げると、濡れた膣口が可憐に息づいていた。クリトリスも他の誰より小粒な感じだが光沢を放ち、精一杯ツンと突き立っている。

彼は顔を埋め込み、柔らかな茂みに鼻を擦りつけて汗とオシッコの蒸れた匂いを貪り、舌を挿し入れて淡い酸味のヌメリを掻き回した。

そして膣口からクリトリスまで舐め上げても、やはり恵理香は声を洩らさず、僅かにキュッと内腿で彼の顔を挟み付けてきただけだった。

伸夫は味と匂いを堪能し、もう待ち切れないほど高まってきた。

「ね、入れていい？」

顔を上げて訊くと、恵理香は枕元の引き出しから何かを出して手渡した。

「入れる前に、先にこれをお尻の穴に入れて」

言われて見ると、それは楕円形をしたピンクローターで、コードが伸びて電池ボックスに繋がっていた。

激しい興味を覚え、彼はもう一度恵理香の脚を浮かせて肛門を舐めて濡らし、ローターを押し当てると、指の腹でズブズブと押し込んでいった。可憐な襞が伸びきって光沢を放ち、たちまちローターは奥まで潜り込んで見えなくなった。

蕾が元通り閉じられると、あとはコードが伸びているだけで、彼は電池ボックスのスイッチを入れた。すると内部から、「ブーン……」と低く、くぐもった振動音が聞こえてきた。

「アア……、入れて、早く……」

初めて恵理香が目を閉じて喘ぎ、脚を下ろして股を広げた。

彼も身を起こして股間を進め、幹に指を添えると先端を割れ目に擦り付け、ヌメリを与えながら位置を定めていった。

グイッと押し込むと、張り詰めた亀頭が膣口に潜り込み、あとはヌルヌルッと滑らかに根元まで呑み込まれた。

「アア……、いい……」

恵理香が顔を仰け反らせて喘ぎ、彼も肉襞の摩擦と潤い、締め付けと温もりに包まれながら深々と押し込んで股間を密着させた。

すると直腸内のローターの震動が、間の肉を通してペニスの裏側を刺激してきた。

他では得られない妖しく新鮮な快感である。

仲夫は屈み込み、形良い乳房に顔を押し当てて乳首に吸い付いた。

「ああ……、動いて……」

恵理香が、待ち切れないように声を震わせて股間を突き上げてきた。

しかし彼はまだ動かず、両の乳首を味わってから腋の下にも鼻を埋め、甘ったるい汗の匂いに噎せ返った。

そして生ぬるい湿り気に舌を這わせ、甘い匂いで胸をいっぱいにさせると、ようやく身を重ねて徐々に腰を突き動かしはじめていった。

恵理香も下から両手を回してきつくしがみつき、収縮と潤いを増してクネクネと悶えはじめた。

舐められても声を洩らさないが、挿入となると激しく感じるようだ。

伸夫は、初めて味わう年下の美女にのしかかり、次第に勢いを付けて腰を動かすと潤いですぐにも律動がヌラヌラと滑らかになった。

深く突き入れるたびに締め付けと摩擦が彼を高まらせ、恵理香も股間の突き上げを激しくさせていった。

上から唇を重ねると、彼女も拒まず長い舌をからめ、伸夫は生温かなヌメリをすすりながら高まっていった。

「い、いく……」

口を離し、彼は恵理香の甘酸っぱい息を嗅ぎながら言った。

やはりローターの振動がペニスに伝わるのと、今までにないタイプの美女と一つになった感激に、通常より早く絶頂の波が押し寄せたようだ。

たちまち伸夫は大きな快感に全身を包み込まれ、ありったけの熱いザーメンをドクンドクンと勢いよく注入してしまった。

「い、いいわ……、アアーッ……！」

噴出を感じた途端に恵理香も身を反らせて熱く喘ぎ、内部をきつく収縮させながらザーメンを受け入れた
彼は、全身まで吸い込まれそうな快感に身悶えながら最後の一滴まで出し尽くし、すっかり満足しながら彼女にもたれかかっていった。

「ああ……」

恵理香も声を洩らして力を抜き、グッタリと身を投げ出していった。

しかしローターの振動が伝わっているので、その刺激に彼自身がヒクヒクと跳ね上がり、そのたびに膣内がキュッときつく締まった。

伸夫は熱く喘ぐ恵利香の口に鼻を押し付け、果実臭の吐息を胸いっぱいに嗅ぎながら、うっとりと余韻を味わった。

それでもローターの刺激が強いので身を起こし、そろそろと股間を引き離した。

そしてティッシュで手早くペニスを処理しながら、ローターのスイッチを切ると恵理香の肌の強ばりも解けた。

コードを指に巻き付け、ちぎれないよう気をつけながらゆっくり引き抜いていくと、可憐な肛門が丸く押し広がり、奥からピンクのローターが顔を覗かせてきた。

やがてヌルッと抜け落ちると、肛門は一瞬滑らかな粘膜を覗かせたが、徐々につぼまって元の可憐な蕾に戻っていった。

ローターに汚れの付着はないが、一応ティッシュに包んで置き、彼は割れ目もそっと拭ってやってから添い寝し、呼吸を整えた。

「良かったわ。もしかしたら今までで一番……」

恵理香が目を閉じ、太い吐息とともに呟いた。

「このまま眠るので、シャワーを浴びたら適当に帰って……」

「うん、シャワーは帰ってから浴びるので」

彼女が眠そうなので、伸夫は答えながら身を起こし、手早く身繕いをした。

すでに恵理香は軽やかな寝息を立てているので、彼はその無防備な全裸を見てから
そっと薄掛けを掛けてやり、玄関に行った。

ロックはノブのポッチ式なので、それを押して出るとドアを閉めてコーポを出た。

アパートまで、歩きだとかなりありそうだ。しかし夕食で奮発したので、タクシーなどの出費などは抑えたい。

それでも表通りに出るとバスがあり、間もなく来たので仲夫は難なく帰宅することが出来たのである。

家に帰ると、シャワーを浴びてから万年床に横になり、

(今日も、驚くほどいろいろあったな……)

仲夫は美女の面々を思い浮かべた。

驚くことに、就職してからまだ一回も自分でオナニーしていない。それほど毎日の快楽が充実しているのだ。

やがて彼は、それぞれの美女の匂いを鼻腔に甦らせながら眠りに就いたのだった。

3

「明日からの連休、何か予定は入っているかしら?」

翌日、一日の仕事を終えると、帰り支度をしている仲夫に奈津緒が言った。

今日は金曜で、締め切り間際でない限り社は週休二日である。

そして今日は一日中、伸夫は原稿のゲラチェックをし、次に出るタウン誌の準備にかかりきりだった。

外回りもなく、どの女性とも関係は持たなかったが、本来はこれが通常の一日なのである。

「いいえ、何もないですが」

「そう、じゃ明日土曜の午後に出社して。資料室で、過去の作品なんかにも目を通して欲しいの。新人は皆することだから」

「分かりました。じゃ明日の午後一時に出勤しますね」

伸夫は答え、やがて社を出た。誰かに誘われることもなかったので、皆それぞれの週末を過ごすのだろう。

すると、利奈が追って来て声を掛けてきた。

「ね、夕食は約束あります？」

「いや、何もないけど、ただ帰って冷凍物をチンするだけ」

「じゃうちへ来ませんか。両親が旅行に出てしまったので」

「え……」

愛くるしい受付嬢の美少女に言われて、伸夫はドキリと胸を高鳴らせた。

思わず周囲を見回したが、退社する女性の姿はない。

「い、いいのかな」

「ええ、私も一人でつまらないので、じゃ行きましょう」

利奈は嬉しげに言い、先に歩き出したので彼も従った。

江ノ島まで歩き、湘南モノレールで目白山に帰るらしい。

「あんまり来客もないから受付で退屈でしょう」

「ううん、本を読んだりスマホでゲームしたりしてます。私は怠け者なので、じっとしてるの平気なんです」

二人は、モノレールの駅まで歩きながら話した。

「彼氏はいないの？」

「女子高だったたし、恋愛なんて面倒そうで嫌です」

利奈が答え、やはりまだ無垢なようだった。

駅に入り、伸夫は初めてモノレールに乗り込んだ。

懸垂式で江ノ島から大船を結ぶ単線である。

やがて走り出すと、伸夫がろくに景色も見ないうちに、一駅目の目白山にすぐ着いてしまった。

社から歩いて通ってもわけない距離だろうが、利奈は自分でも怠け者と言うだけあり山を登るのが面倒らしい。

降りると、伸夫は利奈に案内されて片瀬山方面へ五分ほど歩き、間もなく「高瀬」の表札のある大きな家の前に着いた。

門から入り、利奈が鍵を開けて招き入れてくれた。

玄関もリビングも広く、彼女の父親はＩＴ産業のエリートらしい。

利奈の部屋は二階らしいが、まずリビングに招いてくれ、すぐにも彼女はキッチンで夕食の仕度をし、合間にバスタブに湯を張りに行った。

風呂まで入ることになるんだろうかと、伸夫のときめきは激しくなってきた。

「余り物のシチューだけど」

「うん、何でも有難いよ」

彼は答え、利奈は鍋を温めながらテーブルに瓶ビールを出してくれた。

「あ、いいよ、僕は」

「私も一杯だけ飲むんです」

伸夫が言うと、利奈が肩をすくめて答え、グラスを二つ出した。女子高を出て三ヶ月足らずで、社の宴会では遠慮しているが、仲間と悪戯《いたずら》で飲むこともあるのだろう。

注いでくれたので伸夫も食堂のテーブルに移り、二人で乾杯した。

利奈は甲斐甲斐しくサラダやバケットを出し、やがて温まったシチューを皿に盛って席に着いたので、伸夫も頂くことにした。

しかし食事のあとに、どんな展開が待っているかと思うと胸が弾み、股間が熱くなってきてしまった。何しろ相手は、二ヶ月ばかり先輩とはいえ社の最年少で、しかも高校を出たての無垢な美少女である。

ここにきて、伸夫は女性との食事に慣れてきたようで、充分に料理を味わうことが出来た。

「美味しいよ、すごく」

「そうですか、作ったのはママですけど」

「自分で料理は？」

「覚えないといけないんだけど面倒で」

利奈が笑窪を浮かべて言う。若者らしく外へ出るより、家でゴロゴロしているのが好きなようだった。

「じゃ当分、彼氏なんか作る気はないんだね」

「ええ、でも恵理香さんとなら女同士で遊んでます」

「え？　遊ぶってどんな？」

「バイブで遊ぶことを教わったんです」

「うわ……」

言われて、思わず伸夫は噎せ返りそうになった。

「そ、それはローターみたいな……？」

「ええ、それもあるけど、バイブを入れるのも痛くなくなったわ」

もともと天然なのか、利奈があっけらかんとして言う。

してみると、バイブに処女を捧げてしまい、徐々に快感を覚えるようになってきたのだろう。

恵理香が言っていた、利奈は「一応処女」という一応とは、生身の男は知らないがバイブを挿入する快感は知っているという意味だったようだ。

(じゃ、処女だけど入れても痛がらないんだろうな……)

伸夫は思い、すっかり勃起して料理などどうでも良くなってきてしまった。

「今日、泊まれますか？」

さらに言われ、また彼は噎せ返りそうになった。

「う、うん……、明日の午後は臨時出勤だけど、朝までなら……」

「じゃ、ゆっくりして下さいね」

利奈が言い、つぶらな目をキラキラさせた。怠け者で恋人を作る気はなくても、好奇心は旺盛で生身の男を知りたいのかも知れない。

もちろん伸夫にとっても、それは願ってもないことである。

何とか彼は、サラダもバケットもシチューの皿も空にすると、利奈が食後の紅茶を淹《い》れてくれた。

やがて充分に休憩すると話題も尽き、利奈も洗い物を済ませた。

すると何やら、互いの淫気や好奇心が自然に伝わり合うような気がしてきた。

「じゃお風呂入りますか」

「うん……」

彼が緊張しながら答えると、利奈が立ち上がりバスルームに案内してくれた。

そして脱衣所でタオルを出しながら、

「私も一緒に入っていいかしら」

利奈が言うので、彼は慌てて首を横に振った。

「そ、それはダメ、遠慮してね」

「ええっ、どうしてですか！」

利奈が心外そうに言う。まさか断られるとは思っていなかったのだろう。

「な、何とか利奈ちゃんは今のままで待っていて欲しいんだ」

「だって、一緒に入った方が早く二階へ行けるのに……」

「だから二階で待ってて。僕は初めてなので、女の子のナマの匂いが知りたくて仕方がないんだ。長年の願望だからね、どうか叶《かな》えて欲しい」

必死に懇願すると、利奈も小さく頷いた。

「じゃ、初体験するのが嫌なわけじゃないんですね」

利奈が言う。自分も伸夫も無垢と思い込んでいるようだ。

「うん、もちろんだよ。だから待ってて」

「ええ、分かったわ。じゃ、すぐ二階へ来て」

利奈が笑顔に戻って言い、素直に脱衣所を出ていった。

残った伸夫は手早く全裸になり、ついでに洗濯機を覗いたが残念ながら空。そしてピンクの歯ブラシを借りてバスルームに入った。歯ブラシは、青、赤、ピンクがあったのでピンクが利奈のものだろう。ママのでも構わないが、まずピンクが父親のものというのは有り得ない。

バスルームは広く、洗い場も充分に一人寝そべることが出来そうだ。

もう湯も張られ、彼は歯を磨きながらシャワーを浴びた。

ボディソープで特に腋と股間を洗い、勃起を抑えて放尿まですするとシャワーで泡を落とし、口をすすいでザブリと湯に浸かった。

そしてものの十秒ほどで忙《せわ》しなく出ると身体を拭き、腰にバスタオルを巻くと、脱いだ服を抱えて脱衣所を出た。

すでに彼自身はピンピンに勃起している。

玄関脇にあった階段を上がると、ドアが開いて灯りの洩れている部屋があった。

「入るよ」

声を掛けて中に入ると、窓際にベッド、手前に学習机と本棚があり、あとはテレビとオーディオセット、ぬいぐるみなど少女らしい部屋で、もちろん生ぬるく甘ったるい思春期の匂いが立ち籠めていた。

利奈は、すでに服を脱いでベッドに横になっていた。

「本当に、私は歯磨きもシャワーもナシでいいの……？」

「うん、そのままが嬉しいんだ」

不安げな彼女に答え、伸夫は脱いだ服を椅子に置き、タオルを外すと彼女と同じ全裸になってベッドに横たわった。

そして美少女に甘えるように、腕枕してもらった。

「ね、頭をいい子いい子して」

「まあ、甘えん坊さんなんですか……」

利奈が拒まず、彼の顔を胸に抱いてくれながら囁いた。

「うん、四つも年下だけどね、会社では利奈ちゃんが先輩だから」

答えると、利奈も彼の頭を優しく撫でてくれた。

「変な感じ、年上のお兄さんを可愛がるなんて……」

利奈は言い、それでも触れ合う肌が心地よいらしく、微かに息を弾ませていた。

熱く甘酸っぱい吐息に鼻腔を刺激され、それだけで彼は暴発しそうなほど高まってしまった。

恵理香に似た匂いだが、さらに湿り気ある美少女の息は清らかで、新鮮な果実という感じがした。

「ああ、息がいい匂い。小さくなって身体ごと利奈ちゃんのお口に入りたい」

「それで……？」

「細かく嚙んで飲み込まれたい」

「食べられたいの？」

「うん、おなかの中で溶けて栄養にされたい」

「変なの……」

「ほっペカミカミして」

「いいわ、こう？」

囁くと利奈も答え、口を開いて伸夫の頬をそっと噛んでくれた。湿った唇が心地よく、彼は甘美な刺激に酔いしれながら、鼻先にある乳首に吸い付いていった。

4

「あん……、いい気持ち……」

利奈がビクッと反応して喘ぎ、クネクネと悶えはじめた。

伸夫も美少女の乳首を舌で転がし、もう片方も指で探りながら、甘ったるく漂う思春期の体臭に包まれた。

もう片方も含んで舐め回すと、利奈も仰向けの受け身体勢になりながら、

「アア……、恵理香さんにされるよりドキドキするわ……」

彼女が息を弾ませて言った。どうやら女同士で、相当に際どい愛撫まで体験してい

るようだった。

不思議ちゃんで強欲だと自分で言う恵理香は、無垢な美少女というだけで利奈と戯《たわむ》れたくなったのかも知れない。

伸夫はのしかかり、利奈の左右の乳首を交互に吸って舌を這わせ、顔中で張りのある膨らみを味わった。乳房はそれほど豊かではないが形良く、間近で見る肌は白くて実にきめ細かかった。

利奈が喘ぎながら、すっかり身を投げ出しているので、伸夫も自分のペースで愛撫することにした。

両の乳首を充分に味わうと、利奈の腕を差し上げジットリ湿ってスベスベの腋の下に鼻を擦りつけ、甘ったるく籠もる汗の匂いを貪った。

「あう……」

利奈が呻き、くすぐったそうに腋を縮めて身を強ばらせた。

伸夫は充分に嗅いでから滑らかな肌を舐め降り、腹の真ん中に行って愛らしい縦長の臍《へそ》を舌で探った。

下腹も張りがあり、顔中を押し付けて弾力を味わい、もちろん例によって股間は最後に取っておき、腰から脚を舐め降りていった。

脚もムチムチと張りがあり、彼は足首まで下りて足裏を舐め回した。

「あん、ダメ……」

利奈がくすぐったそうに言って身をよじったが、彼の顔を突き放すようなことはしなかった。伸夫は縮こまった指の間に鼻を割り込ませ、汗と脂に湿って蒸れた匂いを貪った。

そして充分に胸を満たしてから爪先にしゃぶり付き、指の股に舌を挿し入れた。

「く、くすぐったい……、汚いのに……」

利奈は次第に朦朧となりながら声を震わせ、彼はもう片方の爪先も味と匂いを存分に堪能し尽くした。

「じゃ、うつ伏せになってね」

彼は言って足首を捻ると、利奈もゴロリと寝返りを打った。

そして踵から脹ら脛、ヒカガミから太腿、形良い尻の丸みをたどって、腰から滑らかな背中を舐め上げていった。

やはり背中には淡い汗の味がして、彼女はくすぐったそうに悶えた。

肩まで行って髪に鼻を埋めると、まだ幼く乳臭い匂いが籠もり、彼は耳の裏側も舐め、首筋から背中を這い下りた。

うつ伏せのまま股を開かせ、顔を寄せると指で尻の谷間をムッチリと広げた。

可憐な薄桃色の蕾がひっそり閉じられ、しばし見とれると彼は鼻を埋め込み、蒸れた汗の匂いを感じてから舌を這わせた。

細かに震える襞を舐めて濡らし、ヌルッと潜り込ませて粘膜を味わうと、

「く……！」

利奈が顔を伏せて呻き、肛門でキュッと舌先を締め付けてきた。

伸夫は滑らかな粘膜を探ってから顔を上げ、再び利奈を仰向けにさせた。

大股開きにさせ、張りのある内腿を舐め上げて股間に迫っていくと、ぷっくりした丘には楚々とした若草が淡く煙り、割れ目からはピンク色で小振りの花びらがはみ出していた。

指で広げると、バイブを知っているとはいえ生身のペニスには無垢な膣口が、花弁状の襞を入り組ませて息づき、包皮の下から顔を覗かせるクリトリスは恵理香よりも小さめだった。

そして思っていた以上に大量の蜜が溢れ、ヌラヌラと潤っていた。

「綺麗だよ、すごく」

「アア、恥ずかしい……」

股間から囁くと、利奈がヒクヒクと下腹を震わせて答えた。

恵理香とも見せ合ったり指や舌でしているかも知れないが、やはり異性が相手となると格別なのだろう。

処女の割れ目をじっくり目に焼き付けてから、伸夫は顔を埋め込んでいった。

柔らかな茂みに鼻を埋めて嗅ぐと、生ぬるく蒸れた汗とオシッコの匂いに混じり、処女特有の恥垢《ちこう》の成分なのか、ほのかなチーズ臭も感じられ、悩ましく鼻腔が刺激された。

「いい匂い」

「あう、嘘……」

嗅ぎながら言われると、あらためてシャワーを浴びていないことを思い出したように利奈が声を上げ、逆に離すまいとするかのように内腿でムッチリと彼の顔を挟み付けてきた。

伸夫はもがく腰を抱え込んで抑え、思春期の性臭で胸を満たしながら舌を這わせていった。陰唇の内側から膣口を舐め回すと、やはり淡い酸味を含んだ蜜が舌の動きを滑らかにさせた。

クチュクチュと襞を掻き回し、味わいながらクリトリスまで舐め上げていくと、

「アアッ……、いい気持ち……！」

利奈がビクッと反応し、もう羞恥など吹き飛んだように正直な感想を洩らしながら内腿に力を込めた。

チロチロと舌先を上下左右に動かし、弾《はじ》くようにクリトリスを刺激すると、さらに大量の蜜がトロトロと溢れてきた。

それをすすり、クリトリスを舐めながら指を膣口に挿し入れていくと、指は滑らかに奥まで吸い込まれていった。きつい感じはあるが、すでにバイブ挿入に慣れているから違和感もないだろう。

指の腹で内壁を小刻みに擦り、天井のGスポットまで探りながら舐めると、

「い、いっちゃう……、アアーッ……！」

たちまち利奈が声を上ずらせ、ガクガクと痙攣しながら昇り詰めてしまった。

「も、もうダメ……」

グッタリとなり、息も絶えだえになって言うので彼も舌と指を引き抜き、股間を離れて添い寝していった。

「気持ち良かった？」

「ええ……、あんなにいっぱい舐められたら、いってしまうわ……」

訊くと、利奈はハアハアと荒い息遣いを繰り返して答えた。

やはり恵理香との戯れでは果ててしまうほど長い愛撫ではなく、クリトリスへの刺激もローターより男の舌の方が良かったようだ。

彼はそっと利奈の手を握り、強ばりに導いた。

すると彼女も柔らかく汗ばんだ手のひらに肉棒を包み込み、ニギニギと愛撫してくれた。

「ああ、気持ちいい……」

無垢な手のひらに握られ、彼がうっとりと喘ぐと、利奈はまだ呼吸も整わないのに懸命に身を起こし、彼の股間に移動していった。

伸夫が大股開きになると、彼女は真ん中に腹這い、顔を寄せてきた。

彼は恵理香としたように自ら両脚を浮かせ、指でグイッと尻の谷間を広げた。

「肛門舐めて」

言うと利奈も舌を伸ばし、チロチロと探るように舐め回してくれた。

ためらいがないのは、この行為は恵理香とも体験済みなのかも知れない。

「あう、いい……」

無垢な舌先がヌルッと潜り込むと、彼は申し訳ないような快感に呻き、キュッと美少女の舌先を肛門で締め付けた。

利奈が厭わず内部で舌を蠢かすと、

「タマタマも舐めて」

彼は陰嚢を指して言い、脚を下ろした。舌を引き離した利奈は、まず不思議そうに指で袋を撫で回した。

「お手玉みたい。本当に玉が二つ入ってるのね……」

コリコリと指で弄《もてあそ》びながら言うと、すぐに舌を這わせて睾丸を転がしてくれた。

熱い息が股間に籠もり、やがて袋全体を充分に唾液にまみれさせると、彼女は鼻先でヒクついている肉棒に迫った。

「バイブより柔らかくて温かいわ。血が通っているのね……」

そろそろと指を這わせて言い、さらに顔を進めると裏側に舌を這わせ、ゆっくりと先端まで舐め上げてきた。

「先っぽが濡れてるわ……」

利奈は囁き、嫌がらず舌を這わせて粘液の滲む尿道口を味わい、張り詰めた亀頭にもしゃぶり付いた。

「ああ、深く入れて……」

快感に喘ぎながらせがむと、利奈も小さな口を丸く開いて飲み込んでいった。

先端がヌルッとした喉の奥に触れると、彼女は幹を締め付けて吸い、熱い鼻息で恥毛をくすぐりながら、口の中でクチュクチュと舌をからめてくれた。

伸夫が快感に任せ、ズンズンと小刻みに股間を突き上げると、

「ンン……」

利奈は小さく呻きながらも顔を上下させ、スポスポと摩擦してくれたのだった。

5

「ああ、気持ちいい、いきそう……」

すっかり高まった伸夫が言うと、上気した頬に笑窪を浮かべ夢中で吸い付いていた利奈もチュパッと音を立てて口を離した。

「入れたいわ」

「うん、上と下とどっちがいい？」

「私が上でもいいかしら。バイブの時は仰向けばかりだから」

処女でも挿入への恐れのない彼女は、好奇心と欲求を優先させて答えた。

「いいよ、跨いで好きなように入れて……」

伸夫が仰向けのまま唾液に濡れた幹を震わせて答えると、利奈は身を起こして前進し、彼の股間に跨がってきた。

「中出しして平気なのかな」

「ええ、恵理香さんにピルをもらっているので」

念のために訊くと利奈が答え、先端に割れ目を押し当ててきた。

そして息を詰め、位置を定めてゆっくり腰を沈み込ませながらバイブではなく生身のペニスをヌルヌルッと根元まで受け入れていった。

「あう……、すごい……」

ぺたりと座り込み、股間を密着させた彼女は顔を仰け反らせて呻いた。

そして血の通った温かい肉棒を味わうようにキュッキュッと締め付けてから、ゆっくり身を重ねてきた。

伸夫も、さすがに狭くてきつい収縮と摩擦、熱いほどの温もりに包まれながら、とうとう処女まで味わっている幸福感を味わった。

下から両手を回して抱き留め、僅かに両膝を立てて美少女の尻を支えた。

じっとしていても、味わい息づくような収縮に刺激され、応えるように彼自身もヒクヒクと内部で震えた。

「ああ、動いてるわ。温かくていい気持ち……」

利奈は、バイブとの違いを一つ一つ嚙み締めているようで、彼の胸に乳房を密着させながら、やがて徐々に動きはじめた。

痛みも出血もないだろうが、それでも男として初めて彼女の中に入ったことには違いない。伸夫は処女の温もりと感触を嚙み締め、合わせてズンズンと小刻みに股間を突き上げていった。

そして利奈の顔を引き寄せて唇を重ねると、グミ感覚の弾力が伝わってきた。

舌を挿し入れ、滑らかな歯並びを左右にたどると、彼女も歯を開いてチロチロと舌をからめてくれた。

伸夫は美少女の息で鼻腔を湿らせ、温かく清らかな唾液と舌の蠢きを味わいながら高まっていった。

「アア……、いい気持ち、いきそう……」

と、利奈が口を離して喘ぎ、収縮を活発にさせてきた。

彼も美少女の喘ぐ口に鼻を押し込み、濃厚で甘酸っぱい吐息にうっとりと鼻腔を刺激されながら、あっという間に昇り詰めてしまった。

「く……！」

全身を包み込む大きな絶頂の快感に呻き、熱い大量のザーメンをドクンドクンと勢いよく柔肉の奥にほとばしらせると、

「あ、熱いわ、いく……、アアーッ……！」

噴出を感じた利奈も声を上げ、ガクガクと狂おしく痙攣しながら膣感覚によるオルガスムスを得たようだった。

やはりバイブは射精しないから、奥深くを直撃された途端に絶頂のスイッチが入ったのだろう。

「ああ、いい気持ち……！」

利奈は激しく身悶えながら口走り、収縮を繰り返した。

伸夫も快感を嚙み締め、心置きなく最後の一滴まで出し尽くしてしまった。

満足しながら、徐々に突き上げを弱めてゆくと、

「アア……、溶けてしまいそう……」

利奈も熱く囁きながら、満足げにグッタリと力を抜いてもたれかかってきた。

実際、これほど快感を享受する初体験があるものだろうか。まだ膣内はキュッキュッと締まり、内部の幹が過敏にヒクヒクと上下した。

「あう、もうダメ、感じすぎるわ……」

利奈が一人前に敏感な反応をし、きつく締め上げてきた。

仲夫は美少女の重みと温もりを受け止め、甘酸っぱい果実臭の吐息を嗅ぎながら、うっとりと余韻に浸り込んでいったのだった。

「こんなにいいなら、もっと早くしてみれば良かった……」

熱い息を混じらせながら、利奈が声を震わせて言った。

やがて呼吸を整えると、そろそろと彼女が股間を引き離してゴロリと仲夫の隣に横になった。

念のため仲夫は身を起こし、処女を喪《うしな》ったばかりの割れ目を覗き込んでみたが、やはり破瓜《はか》の出血はなく、むしろ満足げに膣口が息づいていた。

「もう、シャワーと歯磨きしてもいいわね……」

利奈が言い、彼が頷くと一緒に起き上がった。

そして割れ目から漏れるザーメンだけ拭い、二人で全裸のまま部屋を出ると階段を下りていった。

初めて訪れた大きな家の中を、全裸で歩き回るのも奇妙な気分だ。

二人が脱衣所に入ると利奈が、やはりピンクの歯ブラシを手にしたので、

「あ、歯磨き粉は付けないで。ハッカの匂いはしない方が良いので」

彼が二回戦目を期待して言うと、利奈も素直に歯ブラシだけ手にして一緒にバスルームに入った。

シャワーの湯で互いの全身を流し、股間を洗うと、利奈は椅子に掛けて何も付けずに歯磨きをした。

もちろん彼は、すぐにもムクムクと回復し、たちまち元の硬さと大きさになった。

「ね、口をすすがないで飲ませて」

伸夫は言い、歯磨きを終えた彼女に言って唇を重ね、口の中に大量に溜まった歯垢混じりの唾液をすすってしまった。

「ンン……」

利奈が眉をひそめて少し嫌そうにしたが、それでも彼は全て吸い取って飲み込んでしまった。

「ダメ、汚いのに……」

体験を終えると、すっかりお姉さんにでもなったように利奈が窘《たしな》めた。

「ね、オシッコも出して」

伸夫は激しく勃起しながら広い洗い場に仰向けになると、彼女の手を引いて顔に跨がらせた。

利奈も、まだ快楽がくすぶって朦朧としているように、彼の顔に和式トイレスタイルでしゃがみ込んでくれた。健康的な張りを持つ脚がM字になると、さらに内腿がムッチリと量感を増した。

仰向けの伸夫の鼻先に、男を知ったばかりの割れ目が迫った。

湿った茂みに鼻を埋めると、もう濃かった匂いは薄れて湯上がりのようなシャボン混じりの匂いをさせているだけだ。

しかし割れ目を舐めると、すぐ新たな蜜が溢れて舌の動きが滑らかになった。

「じゃ出るとき言ってね」

「アア……、いいの？　顔にかけても……」

真下からせがむと、利奈も尿意を高めたように答えた。根っからの天然で、ためらいよりは好奇心の方が大きいらしい。

舐めているうち柔肉が蠢き、たちまち味と温もりが変わった。

「あう、出ちゃう……」

理奈が息を詰めて言うなり、チョロチョロと熱い流れがほとばしってきた。

口に受けた彼は、仰向けなので噎せないよう気をつけながら淡い味と匂いを噛み締め、そっと喉に流し込んだ。

「ああ、変な感じ、こんなことするなんて……」

利奈が懸命に両足を踏ん張りながら喘ぎ、たちまち勢いが増すと口から溢れた分が温かく彼の両耳を濡らしてきた。

彼は咳き込まないよう注意し、胸いっぱい美少女のオシッコの匂いで満たした。

ようやくピークを過ぎると勢いが衰え、流れが治まると、何とか伸夫も喉を詰まらせずに済んだ。

残り香の中でポタポタ滴る余りの雫をすすり、濡れた割れ目を舐め回すと、

「あん、続きはベッドで……」

利奈が言って、バスタブのふちに摑まりながら身を起こしてしまった。

彼も身を起こし、もう一度互いの全身を流して身体を拭くと、また全裸のまま二階の部屋に戻っていったのだった。

「何だか、すごい体験ばっかりだわ……。力が抜けてるので、今度は上になって」

利奈が仰向けになって言う。

伸夫が股を開かせて覗くと、もう充分すぎるほど愛液が溢れているので、彼もすぐ正常位でヌルヌルッと滑らかに挿入していった。

「アァッ……、いい気持ち……」

股間を密着させると利奈が喘いで、身を重ねた彼にしがみついてきた。

伸夫ものしかかりながら、最初から遠慮なく腰を突き動かし、摩擦の中で高まっていった。

「あう、すぐいきそう……」

利奈も、歯磨きで薄れた果実臭の息を弾ませながら収縮を強めていった。

伸夫も、いくらも我慢できないうち絶頂に達してしまい、たちまち二人で激しく昇り詰めていったのだった。

第四章　女社長の激しい欲求

1

（あ、そうだ。泊まっちゃったんだ……）

目を覚ました伸夫は、隣で寝息を立てている利奈を見て思った。

カーテン越しにも、空が白みはじめているのが分かる。互いに全裸のままで、昨夜二回戦目を終えてからそのまま二人で眠ってしまったのだ。

美少女の可憐な寝顔を見ているうち、彼はムクムクと勃起、というより朝立ちの勢いのまま最大限に膨張してしまった。

可憐な唇が僅かに開いて熱い寝息が洩れ、薄掛けの内部には一夜分の温もりと甘ったるい匂いが籠もっていた。

仲夫は唇を寄せ、利奈の乾いた唇を舐めて濡らし、滑らかな歯並びを舌先でたどると彼女が目を開いた。

「あ、起きたの……」

彼女は言い、彼と眠ったことに驚く様子もなく全て把握しているようだった。

仲夫はあらためて唇を重ね、今度は利奈も歯を開いたのでネットリと舌をからめながら、薄掛けの中で彼女の手を握って強ばりに導いた。

利奈もやんわりと手のひらに包み込み、ニギニギと愛撫してくれた。

「すごい硬いわ。朝からしたいの……？」

利奈が唇を離して言う。口からは、寝起きですっかり濃厚になった果実臭の息が洩れ、嗅ぐたびに悩ましい刺激が胸に沁み込んで、彼女の手のひらの中でヒクヒクと幹が震えた。

「朝は特に勃《た》ってるんだよ」

「そう、でも私、今日は休みたいわ……」

利奈は、昨夜二回のセックスで身も心も満たされているらしく、今日は感慨に浸りながらゴロゴロしていたいようだった。

「うん、指でいいからして……」

伸夫は言い、美少女の愛撫に身を委《ゆだ》ねながら、なおも利奈の口に鼻を押し込んで甘酸っぱく濃い吐息でうっとりと鼻腔を満たした。

「手が疲れたわ。喉も渇いたけど、下まで降りるのが面倒……」

利奈が怠け者らしく、手を離してそう言う。

「じゃ、飲んでくれる？」

胸を高鳴らせて言うと、それは試してみたいらしく、すぐに利奈が薄掛けをはいで顔を移動させてくれた。

彼が仰向けで大股開きになると、利奈は真ん中に腹這い、すぐにも張り詰めた亀頭を舐め回し、スッポリと含んでくれた。

熱い息が股間に籠もり、まるで喉の渇きを癒すかのように、彼女が笑窪を浮かべて無心に吸い付く。

「ああ、気持ちいい……」

伸夫は快感に喘ぎ、ズンズンと股間を突き上げた。

「ンン……」

喉の奥を突かれた利奈が小さく呻き、合わせて顔を上下させると、濡れた口でスポスポとリズミカルな摩擦が繰り返された。

たちまち伸夫は絶頂を迫らせ、生温かく清らかな唾液にまみれた幹を震わせた。

「い、いく……！」

彼は大きな快感に貫かれて口走り、身を反らせながらドクンドクンと熱いザーメンをほとばしらせてしまった。

「ク……！」

喉の奥を直撃された利奈が微かに眉をひそめて呻き、それでも吸引と摩擦、舌の蠢《うごめ》きは続行しながら噴出を受け止めてくれた。

美少女の口を汚しながら、伸夫は心ゆくまで快感を味わい、最後の一滴まで出し尽くしてしまった。

「ああ、良かった……」

満足しながら声を洩らし、グッタリと身を投げ出すと利奈も動きを止め、亀頭を含んだまま口に溜まったザーメンをコクンと一息に飲み干してくれた。

「あう、すごい……」

喉が鳴ると同時に口腔が締まり、彼は駄目押しの快感に呻いた。

利奈もチュパッと唇を離し、なおも幹をニギニギしながら、尿道口から滲む白濁の雫《しずく》までチロチロと綺麗に舐め取ってくれた。

「あうう、もういいよ、どうも有難う……」

彼は過敏に幹を震わせて降参し、利奈がようやく舌を引っ込めて再び添い寝してきた。

「嫌じゃなかった？」

「ええ、少し生臭いけど平気……」

利奈が答え、伸夫は呼吸を整えるまで腕枕してもらい、余韻を味わった。

彼女の口から吐き出される息にザーメンの生臭さは残っておらず、さっきと同じ濃厚に甘酸っぱい果実臭がしていた。

やがて気が済んだ伸夫が身を起こして身繕いをすると、

「帰るの？」

利奈も起き上がって言う。もうすっかり日が昇っている。

「うん、今日は昼から出勤だからね」

「じゃ私も降りるわ」

彼女も言って服を着ると、一緒に階下へ行った。利奈は水を飲み、シチューの余りを温めてくれた。

「明日の日曜も空いている？　両親が帰るのは夕食過ぎだから」

「うん、来ていいなら昼過ぎにでも」

彼は答え、利奈とラインの交換をしておいた。

やがて二人でシチューの余りを片付けると、伸夫は帰ることにした。

「じゃ明日また連絡するわ」

「うん、じゃ明日ね」

伸夫が答え、玄関を出た。

利奈は戸締まりをして、また二階でゴロゴロするようだった。

彼はモノレールの駅まで歩いて一駅だけ乗り、江ノ島駅で降りて自分のアパートまで帰った。そして万年床に横になり、処女を頂いたことを思い出しながら少し仮眠することにした。

何しろ誰かと同じベッドで寝るなど生まれて初めてだったから、やはり緊張により眠りも浅かったのだろう。

昼近くまでぐっすり眠り、起きた伸夫は冷凍ピラフで昼食を済ませ、シャワーと歯磨きをして着替えるとアパートを出た。

午後一時前に社に着くと、ちょうど駐車場のバンから奈津緒が降りてきた。

「お疲れ様。正面は閉まっているので裏口からね」

女社長が言い、二人は裏へ回って社屋に入った。

奈津緒は裏口のロックをして、彼とエレベーターに乗ったが、資料室のある四階ではなく五階のボタンを押した。

まずは社長室で何か説明でもあるのだろう。

最上階に着いて二人で社長室に入ると、奈津緒はデスクや応接用のソファのある場所から、さらに奥のドアを開けて彼を招き入れた。

そこはまるでマンションの一室のように、小さなキッチンやベッド、奥にはバストイレもあるようだった。

どうやら残業で泊まり込むため、この一画は奈津緒の私室になっているのだろう。

「あ、資料の閲覧ではないんですか」

「ええ、誰もいないときに二人で会いたかったから。座って」

室内に籠もる甘い匂いにモヤモヤした気持ちで訊くと、奈津緒が彼をベッドに座らせ、自分も並んで腰を下ろした。

「とうとう全員としてしまったようね。私が最後の六人目」

「え……？」

してしまったとは肉体関係のことのようだが、確信に満ちた彼女の眼差しに伸夫は戸惑いながら聞き返した。

それより六人目ということは、これからここでさせてくれるらしく、その期待が彼の胸を高鳴らせた。

「それぐらい毎日みんなを見ていれば分かるわ。そのために入社させたという意味も大きいのだから」

してみると社長としての勘を研ぎ澄まし、社員たちの様子を観察して全てを察していたようだ。ある意味、占術の恵理香などよりずっと人を見抜く目を持っているのだろう。

他の女性たちはみな彼を無垢と信じていたが、この奈津緒だけは一筋縄ではいきそうもない。

「どういうことでしょう……」

「女同士で上手くやっていたけど、そろそろみんなの欲求がピークに達して均衡が崩れそうだったの。でもサークルクラッシャーにならないように、男性社員の人選には注意が必要だったわ。取り合いになって和が乱れたり、あるいは一人に執着するタイプの男は選べない」

奈津緒が言う。サークルクラッシャーとは、和気藹々としたグループに一人の異性が加わったことで、最初は歓迎されるが間もなく崩壊するケースのことである。

「た、確かに僕は女性に取り合いされるようなタイプじゃないですから……」

「でも人柄が良いわ。図々しくならない受け身タイプだし、何しろ秘めた性欲が強そうだから」

奈津美は、実に人を見る目が確かなようだった。

要するに独占欲を向けたり向けられたりしない、それでいて女性の誰もが欲情をそそる、平均的で無難なタイプということなのだろう。

いそうでいない男であり、奈津緒は何人もの面接をしてきたようだ。

少し複雑な気分ではあるが、全員と懇《ねんご》ろになれたのだから結果的に、これは伸夫にとって最も喜ばしいことだったのである。

2

「七つの大罪、って知ってる?」

唐突に、奈津緒が訊いてきた。

「え、ええ、カトリックの用語で、何となく知ってます」

「正に、うちの全員がそれなのよ」

奈津緒が、小さく溜息をついて言った。

「私は傲慢《ごうまん》、百合子さんは嫉妬、怜子さんは憤怒、早苗さんは暴食、恵理香さんは強欲、利奈ちゃんは怠惰《たいだ》、そしてあなたが色欲」

「ははあ……、なるほど……」

やけに納得できる分析で、伸夫は頷いた。

「それで、誰が一番タイプだった？」

「ま、まだ知らない女性が一人いますので」

「そうね、じゃ脱いで。私は傲慢だから恐いわよ」

奈津緒が立ち上がって言い、スーツを脱ぎはじめた。

「私も来たばかりだからシャワー浴びてないわ。ゆうべ入浴しただけだけど構わないかしら？」

「え、ええ、そのままの方が嬉しいです。僕は出かけに浴びて綺麗にして来ましたので……」

答えた伸夫も股間を疼かせながら立ち上がり、手早く脱いでいった。

今朝一番で利奈に口内発射したが、数時間仮眠を取ったので実に意気軒昂《けんこう》で淫気も満々である。

しかも、まだ体験していない六人目、最後の一人は四十歳を目前にした熟れ盛りの美人社長で、しかもここは神聖な社屋の中である。

面接の初対面のときから彼は奈津緒を綺麗な熟女だと思い、こんな女性に初体験の手ほどきを受けたいと思っていたから、すでに激しく勃起していた。

先に全裸になってベッドに横たわったが、そう年中泊まり込んでいるわけではないらしく、枕カバーからは洗濯済みの匂いがしているだけだ。

匂いのないのが少々物足りなかったが、それより目の前で熟れ肌を露わにしてゆく奈津緒に目が釘付けになってしまった。

何しろ枕の匂いより新鮮に熟れた体臭が甘ったるく漂い、着痩せするたちなのか色白の肌は意外に豊満で、早苗ほどではないにしろ巨乳だった。

ためらいなく最後の一枚を脱ぎ去った奈津緒は向き直り、見事なプロポーションを隠しもせずベッドに上がってきた。

そして屹立しているペニスを見下ろし、

「これが、もう五人に食べられちゃったのね」

言うなり指先でピンと幹を弾くなり、予想外の行動を起こしてきた。

何と奈津緒はいきなり、彼の顔に跨がって股間を押しつけてきたのである。

「うぐ……」

割れ目を観察する暇もなく、柔らかな茂みが鼻に擦りつけられ、伸夫は心地よい窒息感に噎《む》せ返った。

恥毛の隅々には、生ぬるく蒸れた汗とオシッコの匂いが濃厚に籠もり、悩ましく鼻腔を刺激してきた。

彼女はわざと匂いの沁み付いた割れ目を舐めさせ、観察しながらサディスティックに見下ろすのが好みなのかも知れない。

彼も、他の五人と違って無垢を装う必要もなく、ただ身を任せて奈津緒の言いなりになろうと思った。

熟れた性臭を嗅ぎながら舌を挿し入れると、陰唇の内側はすでにヌラヌラと熱く大量の愛液に潤っていた。

柔肉を舐め回し、息づく膣口の襞を探り、小指の先ほどの大きさで突き立つクリトリスに舌を這わせると、

「アア……、いい子ね。そこ、私がいいと言うまで舐めるのよ……」

股間をグイグイ押しつけながら、奈津緒が熱く喘いで言った。

彼もチロチロと執拗にクリトリスを舐めると、新たな愛液が溢れて顎を濡らした。

必死に舐めながら目を上げると、白い下腹がヒクヒク波打ち、揺れる巨乳の間から仰け反る色っぽい表情を仰ぐことが出来た。

しかし果てるまで舐めさせることはせず、途中で彼女は股間を浮かせた。

「今度はここ舐めて」

前進して言い、大胆にも自ら指で白く豊満な尻の谷間を広げ、ピンクの可憐な蕾《つぼみ》を押し付けてきた。

鼻を埋めて嗅ぐと、蒸れて淡いビネガー臭が鼻腔を掻き回し、舌を這わせると細かな襞の収縮が伝わってくる。ヌルッと潜り込ませると、滑らかな粘膜が微かに甘苦い味覚を伝えてきた。

「あう、いい気持ちよ……」

奈津緒が呻き、モグモグと肛門で舌先を締め付けた。

中で舌を蠢かす間も、割れ目から溢れて滴る愛液が彼の鼻先を生温かく濡らした。

ようやく彼女が股間を引き離してペニスを振り返り、

「嫌がっていないわね」

勃起して粘液を滲ませる様子を見て、満足げに言った。

そして彼の身を起こさせ、仰向けに熟れ肌を投げ出すと、

「次はどこ舐めたい？」

「足の裏を……」

訊かれたので答えると、すぐにも片方の足を浮かせて顔に突き付けてきた。

「いいわ、うんと舐めなさい」

言われて伸夫は両手で踵を押し頂き、足裏に舌を這わせながら形良く揃った指の間に鼻を埋め込んだ。やはり指の股は汗と脂に生ぬるく湿り、蒸れた匂いを濃厚に籠もらせていた。

爪先にもしゃぶり付いて、指の間に舌を割り込ませて味わうと、

「アア……、いいわ……」

奈津緒がうっとりと喘ぎ、やがて自分から足を交代させて爪先を突き付けてきた。

彼はそちらもしゃぶり、味と匂いを貪り尽くした。

「じゃ、入れなさい」

彼女が股を開いて言い、伸夫も股間を進めた。

まだおしゃぶりしてもらっていないが、これが奈津緒のペースなのだろうから逆らうわけにいかない。幹に指を添え、先端を割れ目に擦り付けてヌメリを与えてから、

ゆっくりと挿入していった。

張り詰めた亀頭が潜り込むと、あとは潤いでヌルヌルッと滑らかに根元まで吸い込まれていった。

「ああ……、いい気持ち……」

股間を密着させると奈津緒が顔を仰け反らせて喘ぎ、彼も温もりと感触を味わいながら身を重ねていった。

屈み込んでチュッと乳首に吸い付き、顔中を豊かな膨らみに押し付けて舌で転がすと、感じたように膣内の締め付けが増した。

左右の乳首を含んで舐め回し、命じられてはいないが腋《わき》の下にも鼻を埋め込むと彼女は拒まなかった。

スベスベの腋の下は生ぬるく湿り、甘ったるい汗の匂いが馥郁《ふくいく》と籠もっていた。

伸夫は胸を満たし、熟れ肌にのしかかりながら徐々に腰を突き動かしはじめた。

「待って、お尻に入れて……」

と、奈津緒が言って両脚を浮かせたのだ。

「え？　大丈夫かな……」

「してみたいのよ。さあ」

心配そうに言ったが彼女がせがむので、伸夫も身を起こした。

いったんヌルッと引き抜いたが、してみたいと言うからには初体験なのだろう。

見ると、肛門は割れ目から滴る愛液に潤っているが、とても入りそうにない可憐な蕾だった。

「これを塗って」

奈津緒が枕元の引き出しから、ローションのチューブを出して手渡した。

彼は受け取り、キャップを外して指に受け、それで肛門に塗り付けてから浅く出し入れさせた。ローションのヌメリで、たちまち指が滑らかに動き、根元まで突き入れて内壁を擦った。

「いいわ、本物を入れて」

言われて伸夫は、ヌルッと肛門から指を出して秘めやかな匂いを嗅いだ。

「バカね、そんなの嗅がないの。さあ」

奈津緒が言い、両脚を浮かせて尻を突き出しているので、彼も股間を進めた。

ローションに濡れて息づく蕾に、愛液にまみれた先端を押し付け、呼吸を計りながらズブリと亀頭を潜り込ませると、

「あう、いいわ、奥まで……」

彼女が目を閉じて言い、仲夫もズブズブと根元まで挿入していった。

やはり膣口とは違う感触で、さすがに入り口はきついが中は案外楽で、ベタつきもなく滑らかだった。

股間を密着させると、豊満な尻の丸みが密着して心地よく弾んだ。

仲夫は、初めてのアナルセックスを体験し、奈津緒の肉体に残った最後の処女の部分を心ゆくまで味わったのだった。

3

「アア、強く突いて構わないから、中に出して……」

奈津緒も括約筋《かつやくきん》の緩急に慣れてきたのか、収縮させながらせがんだ。

仲夫はそろそろと腰を遣ったが、やはり膣とは違う感触が新鮮なので、次第にリズミカルに律動しはじめてしまった。

すると奈津緒が空いている割れ目に指を這わせ、たっぷり愛液を付けた指の腹でクリトリスを擦った。こんなふうにオナニーするのかという興奮に、彼も腰の動きが早まってしまった。

「い、いきそうよ、もっと強く……！」

奈津緒が声を震わせて口走ったが、あるいはクリトリスへの刺激で高まっているのかも知れない。しかし膣内と連動するように肛門の収縮も高まり、とうとうきつい摩擦の中で彼は昇り詰めてしまった。

「く……！」

呻きながら熱いザーメンをドクンドクンと勢いよく注入すると、中に満ちるヌメリで動きがさらにヌラヌラと滑らかになった。

「い、いく、気持ちいい……！」

たちまち奈津緒も声を洩らし、ガクガクと痙攣を開始した。

伸夫は初めての快感の中で、心置きなく最後の一滴まで出し尽くした。

そして満足しながら動きを弱めていくと、

「アア……」

彼女も声を上げ、股間から指を離してグッタリと身を投げ出した。

すると肛門の締め付けとヌメリで、引き抜こうとしなくてもペニスが自然に押し出され、ツルッと抜け落ちた。

何やら美女に排泄されたような興奮を覚え、見ると丸く開いて粘膜を覗かせた肛門も見る見る締まって元の蕾に戻っていった。

「ああ、こういう感じなのね。良かったわ……」

奈津緒は余韻を味わって言い、すぐにも身を起こしてきた。

「早く洗った方がいいわ。ナマで入れたのだから」

彼女が言ってベッドを降りたので、彼も支えながら一緒にバスルームに移動した。

すると自分で傲慢と言っていた彼女が甲斐甲斐しくシャワーの湯を出し、彼のペニスをボディソープで洗ってくれた。

「あ、自分でします……」

「したいの、じっとしていて」

遠慮がちに言うと、奈津緒がそう返してシャワーの湯を掛け、

「オシッコ出しなさい。中からも洗い流すの」

言われて彼も回復しそうになりながら、懸命に尿意を高めた。

ようやくチョロチョロと放尿して出しきると、彼女はもう一度湯を浴びせ、屈み込んで消毒するようにチロリと尿道口を舐めてくれた。

「あう……」

伸夫はビクリと反応して呻いた。

「さあ、これでいいわ」

「あの、奈津緒社長もオシッコ出して下さい。僕の前に立って……」

恐る恐る言って床に座ると、彼女も目の前にスックと立ってくれた。

「見たいの？　浴びたいの？　この方がいいわね」

奈津緒は言って自分から片方の足を浮かせてバスタブのふちに乗せ、見やすいように指で陰唇を開いてくれた。

じっくりと割れ目内部を見つめ、彼は柔肉に舌を這わせた。

匂いは薄れたが、やはりまだ膣で果てていないので、すぐにも大量の愛液が溢れて舌の動きが滑らかになった。

「あう、出るわ……」

いくらも待たずに奈津緒が言い、チョロチョロと熱い流れがほとばしってきた。

舌に受け、淡い味と匂いを嚙み締めて喉に流し込んだ。

「アア、飲んでるの。見てるだけで感じるわ……」

奈津緒が息を弾ませ、彼の顔に手をかけて股間に押し付けた。勢いが増すと口から溢れて肌を伝い、すっかりピンピンに回復したペニスが温かく浸された。

やがて流れが治まると、伸夫は余りの雫をすすり、残り香に包まれながら濡れた割れ目を舐め回した。

「もう一度出来るわね。じゃ早くベッドに」

奈津緒が言って足を下ろし、もう一度二人でシャワーを浴びて身体を拭いた。

ベッドに戻ると彼女は伸夫を仰向けにさせ、今度は念入りにペニスをしゃぶってくれた。

股間に熱い息を籠もらせ、スッポリ含んで吸い付き、舌をからませてたっぷりと唾液にまみれさせてくれた。

「ああ、気持ちいい……」

伸夫は快感に喘ぎ、ヒクヒクと幹を震わせたが、彼女は唾液に濡らすと顔を上げ、身を起こして前進してきた。相手の反応などより、自身のパターンをあくまで崩さず、欲望が優先のようだ。

女上位で跨がると先端に濡れた割れ目を押し当て、ゆっくり腰を沈めて亀頭を膣口に受け入れていった。

肉襞の摩擦を受けながら、ヌルヌルッと滑らかに根元まで嵌《は》まり込むと伸夫は温もりと締め付けを味わった。

「アア……、いい気持ち……」

奈津緒も完全に座り込んで股間を密着させ、すぐにも身を重ねてきた。

仲夫も下から両手でしがみつき、僅かに膝を立てて豊かな尻を支えた。

じっとしていても膣内の収縮が活発になり、やはり奈津緒は肛門より今度は正規の場所でとことん快楽を味わいたいようだった。

すると彼女は上から顔を寄せ、ピッタリと唇を重ねてきた。

ヌルッと舌が潜り込むと、仲夫も受け入れてチロチロと絡み付け、生温かな唾液に濡れて滑らかに蠢く感触を味わった。

「ンン……」

奈津緒が熱く呻き、息で彼の鼻腔を湿らせながら徐々に腰を動かしはじめた。

仲夫も合わせてズンズンと股間を突き動かすと、

「アア……、いいわ、やっぱりこっちの方が……」

彼女が淫らに唾液の糸を引いて口を離し、熱く喘いだ。

吐息を嗅ぐと、それは白粉《おしろい》のように甘い刺激を含み、悩ましく彼の鼻腔を掻き回してきた。

美熟女の匂いに酔いしれながら興奮を高め、いつしか仲夫は激しく動きはじめていた。彼女も大量の愛液を漏らし、互いの股間を熱くビショビショにさせながら淫らな摩擦音を響かせた。

「い、いっちゃう……、アアーッ……！」

奈津緒が声を上ずらせ、今度こそ本格的なオルガスムスにガクガクと狂おしく熟れ肌を痙攣させた。その勢いと収縮に巻き込まれるように、続いて伸夫も昇り詰め、大きな絶頂の快感に激しく全身を貫かれてしまった。

「い、いく……！」

口走りながら、ありったけの熱いザーメンをドクンドクンと勢いよく膣内にほとばしらせると、

「あう、感じるわ、もっと出して……！」

噴出を受け止めた奈津緒は駄目押しの快感に呻き、締め付けをきつくしながら彼の上で乱れに乱れた。

伸夫は心ゆくまで快感を味わい、最後の一滴まで出し尽くしていった。

徐々に突き上げを弱めていくと、奈津緒も満足げに熟れ肌の硬直を解き、グッタリと彼に体重を預けてきた。

「ああ、良かった……」

彼女は荒い息遣いで言い、名残惜しげな収縮を繰り返すと、射精直後のペニスは刺

激にヒクヒクと過敏に内部で跳ね上がった。

「あう……」

奈津緒も敏感になっているように呻き、応えるように締め付けを強めた。

ようやく互いに動きを止め、彼は美熟女の甘く悩ましい吐息を間近に嗅ぎながら、うっとりと快感の余韻を味わった。

「さあ、これで六人を味わったでしょう。誰が一番……？」

奈津緒が、まだ荒い息遣いを繰り返しながら囁いた。

「それは、奈津緒社長です……」

「まあ、単に目の前にいる女が一番と言っているだけでしょう」

伸夫が答えると、彼女は苦笑して言った。

「そんなことないです。面接の時から、こんな綺麗な人に手ほどきを受けたいと思っていたので」

「私は自分勝手だから、初体験の手ほどきには合わないわ。第一、最初からアナルセックスじゃ嫌でしょう」

言われて見れば、確かにそうかも知れない。

とにかく、これで六人全員と肌を重ねてしまい、伸夫は限りない幸福感に包まれたのだった。

やがて身を起こすと、二人でもう一度シャワーを浴びて身繕いをした。

奈津緒はこれで帰るというので、伸夫は裏口の鍵を預かり、夕方まで四階で資料読みをすることにしたのだった。

4

「あら、いま帰りかしら？」

夕方、伸夫が社を戸締まりしてアパートへ向かっていると声を掛けられた。見ると、ジョギングを終えたところらしい課長の怜子だった。汗の滲んだタンクトップに短パン姿で、連休中はこうして自主トレをしているらしい。

「寄らない？　買った料理が余っているの」

「ええ、お邪魔でなければ」

彼は答え、怜子から漂う甘ったるい汗の匂いに誘われるようについていった。

どうせ互いの住まいは実に近くである。

やがて怜子のハイツに入ると、彼女は伸夫を待たせ、シャワーを浴びようとした。

「ま、待って、流す前に嗅ぎたい……」

仲夫は激しく勃起し、彼女を押しとどめた。

昼過ぎに奈津緒を相手に二回射精したが、数時間経っているので完全に淫気は回復していた。まして汗ばんだアスリート美女の体臭は貴重である。

「まあ、構わないけど……」

怜子もその気で仲夫を誘ったらしく、すぐにも汗に湿ったタンクトップや短パンを脱ぎはじめてくれたので、彼も手早く全裸になった。

互いにベッドに横になると、彼は甘えるように怜子に腕枕してもらった。

そして彼女の口に鼻を寄せ、熱く湿り気ある息を嗅ぐと、いつものシナモン臭に混じり、微かなガーリック臭が鼻腔を刺激した。

「匂うでしょう。誰にも会わないと思ってお昼は自家製のスタミナ丼だったから」

「ううん、美女の匂いだから刺激に興奮する……」

彼は答え、まずは腋の下に鼻を埋め、ジットリした生ぬるい湿り気を嗅いだ。

しかし新鮮な汗ほど匂わないようで、彼は淡く甘ったるい匂いを探ってから舌を這わせると、微かな汗の味が感じられた。

そして移動し、チュッと乳首に吸い付いていくと、

「アア……」

怜子はすぐにも喘ぎはじめ、クネクネと身悶えはじめた。

やはり運動のあとの行為は心地よいのだろう。

伸夫は左右の乳首を順々に含んで舐め回し、汗に濡れた肌を舐め降りていった。

筋肉の浮かんだ腹から、スラリと長く逞しい足を舐め降り、指の股に鼻を割り込ませると、そこは前回以上にムレムレの匂いが濃く沁み付いていた。

彼は鼻腔を刺激されながら舌を這わせ、指の股の汗と脂の湿り気を貪った。

「ああ、くすぐったい……」

怜子もすっかり身を投げ出し、されるままになって喘いだ。

彼は両脚とも味と匂いを貪り、バネを秘めた逞しい脚を開かせ、顔を割り込ませていった。

硬いほどムッチリと張り詰めた内腿をたどり、蒸れた股間に迫ると、はみ出した陰唇はすでにヌラヌラと潤っていた。

茂みに鼻を埋め込んで嗅ぐと、やはり甘ったるい汗の匂いが濃く籠もり、それにほのかな残尿臭が混じって鼻腔を刺激してきた。

悩ましい匂いに噎せ返りながら舌を這わせ、汗の混じった愛液のヌメリを掻き回し

て、膣口から大きめのクリトリスまで舐め上げていくと、

「アアッ……！」

怜子が熱く喘ぎ、キュッときつく内腿で彼の顔を挟み付けてきた。

伸夫は上の歯で包皮を剥《む》き、完全に露出したクリトリスをコリコリと前歯で刺激すると、

「あう、それ、もっと強く……」

痛いほどの刺激を好む怜子が声を震わせ、新たな愛液を大量に漏らしてきた。

彼は胸いっぱいに濃い匂いを満たし、充分にクリトリスを愛撫してから怜子の両脚を浮かせて尻に迫った。

ピンクの蕾に鼻を埋めて蒸れた匂いを貪ってから、舌を這わせてヌルッと潜り込ませ、滑らかな粘膜を掻き回すと、

「く……、気持ちいい……」

怜子が肛門で舌先を締め付けながら呻いた。

伸夫は執拗に舌を蠢かせ、淡く甘苦い粘膜を貪ってから、脚を下ろして再び割れ目に戻った。大量のヌメリをすすり、大きなクリトリスに吸い付くと、

「も、もういい、入れて……」

怜子が腰をよじってせがむので、彼も顔を引き離した。

すると彼女が俯《うつぶ》せになり、四つん這いで尻を突き出してきたのだ。

「最初は後ろから……」

怜子が言うので、ここですぐ果てるなということだろう。

伸夫は膝を突いて股間を進め、バックから先端を膣口に押し当て、感触を味わいながらゆっくり挿入していった。

ヌルヌルッと肉襞の摩擦を受け、滑らかに根元まで埋まり込むと、彼の股間に尻の丸みが密着して心地よく弾んだ。この尻の感触が、バックスタイルの醍醐味《だいごみ》なのだろうと彼は実感した。

「アアッ……、いい……」

怜子が滑らかな背中を反らせて喘ぎ、キュッときつく締め付けた。

伸夫も徐々に腰を突き動かしながら覆いかぶさり、両脇から回した手で乳房を揉みしだき、髪や耳の裏側に鼻を埋めて甘い匂いを嗅いだ。

彼女も尻をくねらせて動きを合わせていたが、やがて突っ伏して横向きになった。

「こうして……」

伸夫がいったん股間を引き離すと、横向きになった怜子が上の脚を真上に差し上げてせがんだ。

彼は怜子の下の内腿に跨がり、再び根元まで挿入しながら上の脚に両手でしがみついた。これは松葉くずしという体位で、彼は新鮮な快感を味わい、再び腰を動かしはじめた。

互いの股間が交差しているので密着感が高まり、吸い付くような快感があった。しかし、バックも松葉くずしも心地よいが、やはりどこか物足りない。それは彼女の顔が遠く、唾液や吐息が貰えないからだろう。

やがて怜子が仰向けになってきたので、彼も股間を離し、あらためて正常位で挿入していった。

「アア、いきそう……」

ヌルヌルッと根元まで貫くと、怜子が顔を仰け反らせて喘ぎ、両手で彼を抱き寄せた。伸夫も脚を伸ばして身を重ね、胸で乳房を押しつぶしながら腰を突き動かしはじめた。

ズンズンと深々と突き入れると、

「突くより、引く方を意識して……」

怜子が薄目で彼を見上げて囁いた。なるほど、それは逆転の発想である。確かに亀頭の傘は原始時代、先に放たれた男のザーメンを掻き出すためにあったと言われている。

伸夫は深く挿入してから、ゆっくり引き抜きながらカリ首で内壁を摩擦するよう意識して動いた。

「あう、いいわ、浅いところを多く、深いのはたまにでいいわ……」

怜子がヒクヒクと肌を震わせながら、なおも指導してくれた。

伸夫も引く方を意識しながら、浅い部分を小刻みに摩擦し、たまにズンと深く突き入れた。

前にネットで読んだ、九浅一深のリズムである。

それを繰り返すと収縮が活発になり、溢れた愛液がクチュクチュと淫らに湿った摩擦音を響かせた。

すでに怜子も、何度か小さなオルガスムスを得ているようだったが、

「ね、最後に上になりたいわ……」

股間の突き上げを止めて言うので、彼も身を起こしてヌルッと引き抜いた。

仰向けになっていくと入れ替わりに怜子が身を起こし、大股開きにさせた真ん中に腹這いになって顔を寄せた。

怜子は顔を埋め込んで、まずは陰嚢を念入りに舐めて睾丸を転がし、股間に熱い息を籠もらせながら袋全体を生温かな唾液にまみれさせてくれた。

そして前進してペニスの裏筋を舐め上げ、粘液の滲む尿道口をチロチロと味わい、自らの愛液にまみれているのも構わず、張り詰めた亀頭にしゃぶり付いた。

そのままスッポリと喉の奥まで呑み込み、幹を口で丸く締め付けて吸い、クチュクチュと舌をからめてきた。

「ああ、気持ちいい……」

すっかり受け身になった伸夫は快感に喘ぎ、唾液にまみれた幹を彼女の口の中でヒクヒクと震わせた。

もちろん怜子は貪りながらも、充分に唾液にまみれさせると、彼が暴発してしまう前にスポンと口を引き離した。

身を起こして彼の股間に跨がり、先端に割れ目を擦り付けると、やがてゆっくり座り込み、ヌルヌルッと根元まで受け入れていった。

「アア……、いいわ……」

怜子が顔を仰け反らせて喘ぎ、脚をM字にさせて跨いだまま、スクワットするように腰を上下させはじめた。

強烈な摩擦と締め付けに彼も激しく高まったが、怜子は快感を味わいながらも冷静に彼を観察し、少しでも長く楽しもうとしているようだった。

やがて怜子は動きを止めると、密着させた股間をグリグリと擦り付け、身を重ねてきたので彼もしがみつき、僅かに両膝を立てて尻を支えた。

怜子は脚をM字にさせたまま、彼の顔の左右に腕を突っ張ったので、正にスパイダー騎乗位の体勢でのしかかられた。

僅かな間に、バックと松葉くずしを勉強させてもらい、さらに正常位から女上位の全てを味わいながら、ジワジワと伸夫も絶頂を迫らせていった。

5

「アア……、突いて、強く奥まで……」

怜子が腰を遣いながら熱く囁いた。もう九浅一深ではなく、フィニッシュに向けて激しい律動を求めているようだ。

伸夫もズンズンと股間を突き上げながら彼女の顔を引き寄せ、ピッタリと唇を重ねていった。

「ンン……」

怜子は熱く鼻を鳴らし、ネットリと舌をからませてくれた。

伸夫は生温かな唾液に濡れて滑らかに蠢くアスリート美女の舌を味わい、熱い息で鼻腔を湿らせながら肉襞の摩擦に高まった。

「い、いきそうよ、すごいわ……」

やがて怜子が口を離して言い、収縮を強めていった。

「舐めて……」

伸夫が怜子の口に鼻を押しつけて言うと、彼女も舌を這わせ、チロチロと左右に動かしながら両の鼻の穴を舐め回してくれた。

「ああ、いく……」

彼は喘ぎ、唾液と吐息の匂いに酔いしれながら動き続けた。舌のヌメリが何とも心地よく、熱く湿り気ある刺激的な濃い吐息に鼻腔を掻き回され、勢いを付けて股間を突き上げた。

しかもジョギングの名残で怜子の顔も汗ばみ、鼻の頭からポタリと汗の雫が彼の顔に滴ってきたのだった。

伸夫は美女の汗と唾液を感じながら、激しく突きまくった。

「いっちゃう……、アアーッ……！」

たちまち怜子が声を上ずらせ、彼の上でガクガクと狂おしい痙攣を開始した。

どうやら本格的に激しいオルガスムスに達したようで、伸夫も圧倒されながら昇り詰めてしまった。

「く……、気持ちいい……！」

突き上がる大きな絶頂の快感に口走りながら、彼はありったけの熱いザーメンをドクンドクンと勢いよく柔肉の奥にほとばしらせた。

「あう、もっと……！」

噴出を感じた怜子が呻き、キュッときつく締め上げてきた。

伸夫は心ゆくまで快感を嚙み締め、最後の一滴まで出し尽くして、徐々に動きを弱めていった。

「アア……、良かった、前よりもっと……」

怜子も強ばりを解いてもたれかかりながら、満足げに声を洩らした。

案外、彼女が体験してきたスポーツマンなどは愛撫も単調で、早く済んでしまうのかも知れない。

そして怜子も、肉体派の男より伸夫のような繊細な男との行為に目覚めはじめたようだった。

互いに動きを止めると、重なり合ったまま荒い息遣いを混じらせた。

膣内もキュッキュッと締まり、ペニスが過敏にヒクヒクと震えた。

伸夫はアスリート美女の重みと温もりの中、シナモンとガーリックの混じったような熱い吐息を胸いっぱいに嗅ぎながら、うっとりと快感の余韻に浸り込んでいったのだった。

「じゃシャワー浴びてくるわ。ノブはどうする……？」

「僕はいいです、帰ってからで」

彼が答えると、怜子は筋肉を躍動させてようやく身を起こし、股間を引き離した。

そして愛液とザーメンに濡れたペニスをチロリと舐めると、その上にティッシュを被せた後、立ち上がってバスルームに入って行った。

伸夫は呼吸を整えてティッシュで股間を拭き、起き上がって身繕いをした。

間もなく怜子がバスルームから出てきたが、胸と股間にバスタオルを巻いた姿のままだった。

「飲んでて」

彼女は冷蔵庫から出した缶ビールを投げて寄越し、すぐに夕食の仕度をした。

伸夫は缶ビールを飲んだが、いつになく心地よく喉が潤された。

やはりアスリート美女と多くの体位を体験し、スポーツでもしたあとのような気分なのだろう。

怜子はテーブルにホットプレートを置いて加熱し、順々に肉を並べると、二つの器にドボドボと焼き肉のタレを注いだ。あとは差し向かいに座り、ひたすら焼いて食うだけだ。

「じゃ、今日はありがとう。またお願いね」

怜子も缶ビールを掲げて言い、あらためて乾杯すると、二人は順々に焼けた肉を口に放り込んだ。

肉ばかりで野菜がないと思ったら、タイミング良く怜子が冷蔵庫からコールスローを出してくれた。

豪快な部分と女らしさが交互に表れ、伸夫は腹を満たしながら、バスタオルを巻いただけの怜子にまた欲情してしまいそうになった。

「ビールまだあるわ」

「いえ、もう充分です」

「もっといっぱい食べなさい。運動もした方がいいわね」

「ええ……、どうにも本ばかり読んでる方が好きで……」

「でも、私もそんな今までにないタイプにメロメロにされてるんだけど」

怜子が言い、自分だけ二本目の缶ビールを開けた。

やがて充分に腹がいっぱいになると、伸夫は箸を置いた。

「もういいの？」

「はい、ご馳走様でした。じゃ片付けもしないで済みませんが、これで帰りますね」

「そう、じゃまた月曜に会社で」

もう怜子も引き留めず、食事を続けながら彼を見送った。

伸夫は彼女のハイツを出ると、ものの五分で自分のアパートに着いた。

シャワーでなくバスタブに湯を張って沸かすと、ゆっくり浸かりながら念入りに歯磨きをした。

何しろ明日はまた利奈に会うのだし、怜子のスタミナ料理の匂いが残っているといけない。

風呂から上がると、彼は少しパソコンでネットを見て回ってから、布団に横になった。すると今日一日のことが頭に甦った。

何しろ六人中最後の一人、社長の奈津緒と会社で濃厚なセックスをし、さらに怜子とも多くの体位を経験したのだ。これほど恵まれている新入社員など、他にはどこにもいないだろう。

これなら当分は自分でオナニーすることもない。

毎日何度も射精しているのに、その充実感は大きくて疲れもなく、やはり生身が相手というのは違うものだと思った。しかも、入れ替わり立ち替わり別の女性と交渉が持てるのである。

今後も、六人の美女をローテーションで味わえるのだろう。

もちろん弄ばれているのは彼の方かも知れないが、やはり快感が分かち合えるのは素晴らしいことだった。

そんなことを思っているうち、やがて伸夫は深い眠りに落ちていった……。


――翌日は、久々にゆっくり朝寝をして目を覚ました。

伸夫は冷凍物でブランチを済ませると、昨夜の残り湯を追い焚きし、またゆっくり浸かって歯を磨いた。さらに風呂から上がって着替えると、マウスウオッシュも念入りに繰り返した。

もちろん昨日も多くの体験と射精をしたが、ぐっすり眠ったので体力も精力も万全である。

そして準備を整えると、昼を少し回った頃に利奈からラインが入った。

「もうすぐお昼を終えるので、いつ来てもいいわ」

そう書かれていたので、仲夫もすぐ向かうと返信をしてアパートを出た。

江ノ島駅まで歩き、モノレールで目白山に行った。

駅を降りると期待と興奮に股間が突っ張ってしまい、歩きにくいほどになった。

利奈は一昨夜に処女を喪ったばかりだが、バイブ挿入に慣れているから充分に快感が得られ、行為にも遠慮は要らないだろう。

やがて家に着いて門から入り、玄関のチャイムを鳴らすと、すぐに利奈がドアを開けて出迎えてくれた。

「え……？」

仲夫は、彼女の姿を見て目を見張った。

何と利奈は、濃紺上下のセーラー服に身を包んでいたのである。襟《えり》と袖《そで》に三本の白線が入り、スカーフは白。胸当てには、彼女の母校のものらしいエンブレムが刺繍《ししゅう》されていて、可憐な利奈に良く似合っている。

何といっても、まだ女子高卒業から三ヶ月ばかりだから体型も変わることなく、見た目は正に現役の女子高生そのものだった。

「少し恥ずかしいけど、喜ぶかもと思って着ちゃったの。さあどうぞ」

利奈が笑窪を浮かべて言い、伸夫も興奮を高めて上がり込んだ。

彼女は玄関をロックし、先に階段を上がり、彼も従った。

制服の裾が揺れて生ぬるい風を顔に感じ、ムチムチとした張りのある太腿が見え、さらに彼はムクムクと勃起してしまった。

そして利奈と一緒に部屋に入ると、

「あ……！」

また伸夫は目を見開き、驚きに立ちすくんだのだった。

第五章　三人での濃厚な戯《たわむ》れ

1

「え、恵理香さん……、どうして……？」

伸夫は驚いて、部屋にいた恵理香に言った。

まず思ったのは、利奈と恵理香が揃っているということは、今日はセックスできないのではという不安だった。

しかし、それは杞憂《きゆう》であった。

何しろ、この二人はレズごっこをしてきた仲なのである。

しかも休日でゴスロリファッションの恵理香は、セックス前のルーティンで濃いメイクをしているではないか。

「ええ、三人で楽しもうと思って、お昼前から来ていたのよ」

恵理香のその言葉に、萎えかけていたペニスがまたムクムクと回復してきた。

（さ、三人で……）

彼は期待に胸を高鳴らせ、室内に籠《こ》もる二人分の甘い匂いで鼻腔を刺激された。

社の中では先輩だが、この二人は伸夫より年下である。

「じゃ脱ぎましょう」

恵理香が、この場のリーダーのように言って立ち上がり、西洋人形のような服を脱ぎはじめた。

しかし利奈は、可憐な制服姿のままでいろとでも彼女に言われているのか、白いソックスを脱いだだけだった。すでに中はノーパンなのかも知れない。

伸夫も激しくときめきながら服を脱ぎ、先に全裸になって美少女の匂いの沁み付いたベッドに横になった。

たちまち恵理香も一糸まとわぬ姿になり、セーラー服姿の利奈と一緒にベッドに上り、左右から彼を挟み付けてきた。

「ああ……」

何という興奮だろう。まだ触れられてもいないのに伸夫の息が熱く弾んだ。

「じっとしていてね。二人で好きにしたいので」

恵理香が囁き、彼の左の耳たぶに吸い付いてきた。すると申し合わせていたように利奈も、左の耳を唇で挟み付けた。

左右の耳にそれぞれの熱い息がかかり、綺麗な歯並びがキュッと耳たぶを嚙んだ。

「あう……、気持ちいい……」

伸夫は仰向けのままガクガクと身を震わせ、甘美な刺激に小さく呻いた。

そして二人は左右の首筋を舐め降り、彼はゾクゾクと反応しながら勃起した幹を震わせた。

二人は両の乳首に同時に吸い付き、熱い息で肌をくすぐりながらチロチロと舌を這わせてきた。男でも、意外なほど首筋や乳首は感じるもので、その刺激が心地よく股間にも伝わった。

「か、嚙んで……」

身悶えながら言うと、二人もキュッキュッと左右の乳首を嚙んでくれた。

「あうう、もっと強く……」

伸夫はせがみながら呻き、ついさっきまでは予想もしなかった展開に期待と興奮を高めていった。

乳首を充分に味わうと、二人は肌を舐め降り、彼が好むのを察しているようにキュッと肌に歯を食い込ませてくれた。

彼を悦《よろこ》ばせるための愛撫というより、二人が欲望に突き動かされ、男の肉体を賞味しているようにも思える。綺麗な歯が脇腹や下腹に当てられるたび、伸夫は二人に全身を食べられていくような興奮に包まれた。

そして二人は、日頃彼がしているように股間を後回しにし、腰から脚を舐め降りていった。

もちろん太腿にも歯が食い込み、とうとう二人は同時に彼の足裏を舐めると、ためらいなく爪先にもしゃぶり付いてきたのである。

「あう、いいよ、そんなことしなくて……」

伸夫は、申し訳ない快感に脚を震わせて言ったが、それはあまりに心地よいものだった。何しろ入浴してきたとはいえ、男の不潔な足指を美女たちの最も清潔な口が奉仕しているのだ。

二人は構わず指の股にヌルッと舌を割り込ませ、彼も唾液にまみれた指先で二人の滑らかな舌をつまんだ。やがてしゃぶり尽くすと、二人は彼を大股開きにさせて脚の内側を舐め上げ、股間に顔を進めてきた。

左右の内腿にもキュッと歯が立てられ、そのたびに彼はウッと息を詰めて快感を嚙み締めた。

そして二人が頰を寄せ合い、股間に混じり合った息が熱く籠もると、恵理香が彼の両脚を浮かせ、まずは二人で尻に迫ってきたのだ。

丸みに歯が食い込み、先に恵理香の舌がヌラヌラと肛門に這い回ってヌルッと潜り込んできた。

「く……！」

伸夫は妖しい快感に呻き、反射的にキュッと彼女の舌先を肛門で締め付けた。

恵理香は中で舌を蠢かせ、口を離すとすかさず利奈の舌が触れ、同じように侵入してきたのだ。

立て続けだと、微妙に二人の舌の感触や温もりの違いが分かり、それぞれに彼は高まり、中で舌が蠢くたびヒクヒクと幹が上下した。

やがて二人が交互に肛門を味わい尽くすと、脚が下ろされ、二人はまた頰を寄せ合って同時に陰嚢を舐め回してきた。

それぞれの睾丸が舌で転がされ、時にチュッと強く吸われると、急所だけに思わず伸夫の腰がビクッと浮いてしまった。

袋全体が生温かなミックス唾液にまみれると、ようやく二人は顔を進め、ピンピンに屹立した肉棒の裏側と側面を、一緒にゆっくり舐め上げてきた。

滑らかな舌が先端まで来ると、粘液の滲む尿道口が交互にチロチロと舐められ、張り詰めた亀頭にも彼女たちの舌が這い回った。

「ああ……」

伸夫は快感に喘ぎ、恐る恐る股間を見ると、恵理香と利奈が顔を寄せて一緒になって亀頭をしゃぶっている。もちろん女同士の舌が触れ合っても平気で、まるで美しい姉妹が一本のキャンディを競って舐めているようだ。

先に恵理香がスッポリと根元まで呑み込み、チューと吸い付いてスポンと離すと、すぐに利奈も含んで吸い付き、舌をからませてからチュパッと軽やかな音を立てて口を引き離した。

それが交互に繰り返されると、もう彼はどちらの口に含まれているかも分からないほど快感で朦朧となり、さらに二人が代わる代わる顔を上下させ、スポスポと摩擦されると、もう限界だった。

「ダメだよ、いっちゃう……、アアッ……！」

とうとうダブルフェラに昇り詰め、彼は激しい快感とともに喘いだ。

同時に熱い大量のザーメンが勢いよく噴出すると、

「ンンッ……」

ちょうど含んでいた利奈が喉の奥を直撃され、声を洩らしてペニスから離れた。すると、すかさず恵理香が亀頭を含み、余りのザーメンを吸い出してくれたのだ。

「あうう……」

伸夫はドクンドクンと射精しながら快感に呻き、魂まで吸い取られそうな愛撫に身を反らせた。

そして身悶えながら最後の一滴まで出し尽くし、グッタリと身を投げ出すと、恵理香も動きを止め、亀頭を含んだままゴクリと飲み込んでくれた。

口を離すと、なおもニギニギと幹を指でしごき、利奈と一緒に恵理香は舌を這わせて尿道口に脹らむ余りの雫まで丁寧に舐め取ってくれた。

もちろん利奈も、口に飛び込んだ第一撃は飲み込んでくれていた。

「も、もういい……、有難う……」

伸夫は過敏に幹を震わせながら腰をくねらせ、降参するように声を絞り出した。

ようやく二人も顔を上げ、チロリと舌なめずりした。

彼は余韻の中で荒い息遣いを繰り返し、いつまでも動悸が治まらなかった。

やはり肉体が受けた快感以上に、二人がかりでしゃぶられるという夢のような状況に、まだ混乱が続いていたのだ。

「さあ、回復するまで何でもして上げるから言って」

恵理香が嬉しいことを言ってくれ、それで伸夫はすぐにも興奮を甦らせた。

「顔に足を乗せて……」

「いいわ」

息を弾ませて言うと恵理香が答え、利奈と一緒にすぐ立ち上がった。

そして伸夫の顔の左右に二人が立ち、体を支え合いながら、そろそろと片方の足を浮かせて彼の顔に乗せてくれた。

「アア……」

伸夫は、二人分の足裏を顔に受けて喘いだ。

感触を味わいながら見上げると、プロポーションの良い全裸のボブカット美女と、可憐なセーラー服美少女がスックと並んで立っている。

裾が揺れると、やはりノーパンらしく利奈の割れ目が覗いた。それは恵理香の全裸以上に興奮をそそる眺めだ。

彼は二人分の足裏を舐め、それぞれの指の間に鼻を埋め込んでいった。

どちらも指の股は汗と脂にジットリと生ぬるく湿り、蒸れた匂いが濃く沁み付いていた。

二人も、彼が好むのを知っているのでシャワーも浴びていないのだろう。

伸夫は順々に爪先にしゃぶり付き、指の股に舌を割り込ませて湿り気を味わった。

そして貪り尽くすと足を交代してもらい、そちらも味と匂いを堪能したのだった。

2

「あん、くすぐったくていい気持ち……」

利奈が膝を震わせて喘ぎ、恵理香も荒い呼吸を繰り返していた。

「じゃ顔にしゃがみ込んで……」

伸夫が口を離して言うと、やはり先に全裸の恵理香が顔に跨がり、和式トイレスタイルでしゃがみ込んできた。

脚がM字になると白い内腿がムッチリと張り詰め、濡れた割れ目が鼻先に迫った。

花びらが僅かに開いて、息づく膣口と光沢あるクリトリスが覗き、彼は腰を抱き寄せ、柔らかな茂みに鼻を埋め込んでいった。

擦りつけて嗅ぐと、今日も汗とオシッコの匂いが濃厚に蒸れて籠もり、刺激が悩ましく胸に沁み込んできた。舌を這わせ、淡い酸味のヌメリを掻き回して膣口からクリトリスまで舐め上げると、

「アアッ……、いい気持ち……」

恵理香が熱く喘ぎ、彼が舐めている様子を利奈が覗き込んでいた。

もちろん彼もムクムクと回復し、完全に元の硬さと大きさを取り戻していた。

伸夫は匂いに噎せ返りながら充分にクリトリスを舐めては、溢れる愛液をすすり、やがて尻の真下に潜り込んでいった。

顔中に白く丸い双丘を受け止め、谷間の蕾に鼻を埋めると蒸れて秘めやかな匂いを貪り、舌を這わせてヌルッと潜り込ませた。

「あう……」

恵理香が呻き、キュッと肛門で舌先を締め付けてきた。

やがて彼は恵理香の前も後ろも味と匂いを貪って舌を引っ込めると、彼女は自分から股間を引き離し、利奈のために場所を空けてやった。

そして利奈もためらいなく伸夫の顔に跨がり、裾をからげてしゃがみ込んできた。

まさに、制服の美少女のトイレスタイルを真下から覗いているようである。

健康的な内腿が量感を増して張り詰め、ぷっくりした割れ目が迫った。

利奈の花びらもヌラヌラと大量の蜜に潤い、今にもツツーッと溢れ出しそうになっていた。

彼は若草の丘に鼻を埋め込み、蒸れた汗とオシッコの匂い、それに混じるチーズ臭を貪り嗅ぎながら舌を這わせていった。

「あん……」

クリトリスを舐められ、利奈が喘ぎながら思わず座り込みそうになって両足を踏ん張った。伸夫はチロチロと舐め回しては溢れる蜜を味わい、もちろん尻の真下にも潜り込んでいった。

すると恵理香が待ち切れないように再び彼のペニスにしゃぶり付き、充分に舐めて濡らすと、身を起こして跨がってきたのだ。

先端に割れ目を押し付けて腰を沈めると、たちまち彼自身はヌルヌルッと滑らかに根元まで膣口に呑み込まれていった。

「アア……、いいわ……」

恵理香が股間を密着させて喘ぎ、前にしゃがみ込んでいる利奈の背に摑まった。

伸夫も摩擦快感と温もりを味わいながら、利奈の尻に鼻を埋めて嗅いだ。

さっき二人に思い切り口内発射したので、しばらくは摩擦されても暴発の心配はなさそうである。

彼は蕾に籠もる蒸れた匂いを貪り、舌を這わせてヌルッと潜り込ませた。

「く……」

利奈が呻き、肛門できつく彼の舌先を締め付けた。伸夫は舌を蠢かせ、滑らかな粘膜を探った。

その間、恵理香は味わうように締め付けながら、小刻みに腰を上下させて摩擦を開始していた。溢れる愛液にクチュクチュと音がして、

「あうう、すぐいきそうよ、何ていい気持ち……」

恵理香が声を洩らし、次第に動きを速めていった。収縮と潤いが増し、溢れた愛液が彼の肛門の方にまで生ぬるく伝い流れた。

そして伸夫が利奈の前と後ろを味わっているうち、

「い、いっちゃう……、アアーッ……！」

恵理香が激しく声を上げ、ガクガクと狂おしい痙攣を開始したのである。

どうやら利奈も一緒にいるので興奮が増し、通常よりずっと早くオルガスムスが押し寄せてきたようだった。

その収縮の中でも、何とか伸夫は保ち続けることが出来た。

やがて利奈が股間を引き離すと、

「ああ……」

恵理香は支えを失ったように、声を洩らして彼に身を重ねてきた。そして何度かビクッと身を震わせてから、満足げに力を抜いて、やはり利奈のためゴロリと場所を空けたのだった。

すると利奈が跨がり、恵理香の愛液にまみれている先端に割れ目を押し当て、息を詰めてゆっくり腰を沈み込ませていった。

再び、彼自身は微妙に温もりと感触の異なる膣内に、ヌルヌルッと滑らかに呑み込まれた。

「アアッ……」

股間を密着させると利奈が喘ぎ、彼も締め付けと温もりに快感を高めた。

利奈がすぐに身を重ねてきたので、伸夫はセーラー服の裾をたくし上げ、ノーブラの可愛らしいオッパイに顔を埋め込んだ。

乳首を含んで舌で転がし、制服の内に籠もった甘ったるい体臭で胸を満たした。

さらに、横で荒い呼吸を繰り返している恵理香も引き寄せ、乳首を含んだ。

やはり二人いるので、平等に扱わなければいけない。

恵理香も自分から胸を押し付け、甘い体臭を揺らめかせた。

伸夫は二人の乳首を順々に舐め回しては顔中で膨らみを味わい、さらに利奈の乱れた制服に潜り込み、ジットリ汗ばんだ腋の下にも鼻を埋め、生ぬるく甘ったるい汗の匂いに噎せ返った。

恵理香の腋も嗅ぎ、彼がズンズンと股間を突き上げはじめると、

「あう、いい気持ち……」

利奈が呻き、合わせて腰を遣って摩擦を強めた。

伸夫は二人の顔を同時に抱き寄せ、それぞれの唇を求めると、二人もピッタリと押し付けて舌をからめてくれた。

「ンン……」

二人は熱く鼻を鳴らし、三人で舌を舐め合った。鼻先を付き合わせているので、二人分の鼻息で彼の顔中が生ぬるく湿った。

「い、いっちゃいそう……」

利奈が口を離して言い、伸夫も絶頂を迫らせながら、美少女の口に鼻を押し込んで熱い息を胸いっぱいに嗅いだ。

新鮮な果実のように甘酸っぱい息が鼻腔を刺激し、彼は恵理香の吐息も近々と嗅いだ。恵理香も利奈と同じく果実臭だが、充分に熟れた感じがして、それぞれに悩ましく彼の鼻腔で混じり合った。

甘いは発酵、酸っぱいは腐敗だが、こんな美女や美少女の口の中で発酵や腐敗がされていると思うだけで興奮が増した。

「唾を飲ませて……」

言うと二人も懸命に大量の唾液を分泌させて溜めると口をすぼめ、交互にトロトロと彼の口に吐き出してくれた。

伸夫は垂らされるそれを順々に舌に受け止め、生温かく小泡の多いミックス唾液を味わって喉を潤し、美酒のようにうっとりと酔いしれた。

「顔中もヌルヌルにして……」

さらにせがむと、二人も舌を這わせ、彼の鼻の穴や頬を舐め回してくれた。舐めるというより、吐き出した唾液を舌で塗り付ける感じで、たちまち彼は二人分の唾液でパックされたようにヌルヌルになった、

「い、いく……」

伸夫は、悩ましいヌメリと匂いに包まれ、美少女の締め付けの中で絶頂に達した。

溶けてしまいそうな快感と同時に、ありったけの熱いザーメンがドクンドクンと勢いよくほとばしると、

「い、いい気持ち……、アアーッ……！」

噴出を感じた利奈も声を上ずらせて喘ぎ、ガクガクと狂おしいオルガスムスの痙攣を開始したのだった。

彼は心地よい収縮の中で快感を嚙み締め、最後の一滴まで出し尽くしていった。

すっかり満足しながら突き上げを弱めていくと、

「ああ……、すごい……」

利奈も声を洩らし、力を抜いてグッタリと彼にもたれかかってきた。

締め付けの中で幹が過敏にヒクヒク跳ね上がると、膣内もキュッキュッと応えるようにきつく締まった。

仲夫はなおも二人の顔を引き寄せ、混じり合った濃厚な果実臭の吐息を嗅ぎ、うっとりと胸を満たしながら快感の余韻を味わった。

「三人もいいわね……」

恵理香が身を寄せて言い、彼に体重を預けている利奈も小さくこっくりした。

仲夫は精魂尽き果てた感じだったが、やはり二人いると回復力も倍のようだ。彼自

身が徐々に回復しはじめると、

「あん、また中で大きくなりそう……」

利奈が気づいたように言ったが、今は少し休みたいらしく、そろそろと身を起こしてベッドを降りていった。

そしてセーラー服とスカートを脱いで全裸になると、やがて三人で部屋を出て、階下のバスルームへと移動したのだった。

3

「ね、二人で左右から肩を跨いで……」

広い洗い場で三人、シャワーの湯を浴びると、伸夫は言って床に座った。

「こう？」

二人も素直に立って彼の肩に跨がり、両側から顔に股間を向けてくれた。

伸夫は左右に顔を向けては、それぞれの割れ目を舐めた。匂いは薄れたが、まだまだ二人もやる気充分で、新たな蜜が溢れてきた。

「ね、オシッコかけて」

言うと向かい合わせの二人も、尻込みすることなく息を詰め、尿意を高めはじめてくれたようだった。

「あう、出るわ……」

先に恵理香が言い、柔肉を蠢かせるなりチョロチョロと熱い流れを放ってきた。

伸夫は舌に受けて味と匂いを確かめると、反対側の割れ目からもポタポタと熱い雫が滴り、間もなく一条の流れとなって注がれた。

「あん……」

放尿しながら利奈が羞恥に声を洩らし、彼はそちらにも口を向けて味わった。

どちらも味と匂いは淡いもので抵抗なく喉を通過したが、やはり二人分となると混じり合った匂いが鼻腔を刺激し、しかも二人がかりで浴びせてもらっているという状況に、流れを浴びたペニスがピンピンに勃起していった。

左右からの心地よいシャワーを浴びて喉を潤し、伸夫は貪るように二人の割れ目を交互に舐め回した。

間もなく流れが治まると余りの雫もすすり、すっかり彼は残り香に酔いしれたのだった。

二人も新たな愛液を漏らし、ようやく股間を離して座り込んだ。

「何だか、すごくスッキリしたわ……」

恵理香が言い、やがて三人はもう一度シャワーを浴びてから身体を拭き、全裸のまま階段を上がって部屋に戻った。

「私、またすぐいきそう……」

まだ何もしていないうちから、利奈がとろんとした眼差しで言い、笑窪の浮かぶ頬を上気させていた。

「じゃ先に入れていくといいわ。ノブ君もすぐ果てないだろうから、今度は私の中に出して」

恵理香が言い、仰向けにさせた伸夫のペニスにしゃぶり付いて唾液に濡らしてくれた。そして利奈が跨がって挿入するのを見届けると、恵理香が持ってきたらしいバイブを取り出したのだ。

それは楕円形のローターやペニス型のバイブではなく、小指ほど細いアヌス用の挿入器具らしい。

「アアッ……」

利奈が完全に彼を受け入れて座ると、喘ぎながら身を重ねてきたので、伸夫も両手で抱き留めた。

するのと恵理香が利奈の肛門を舐め、細いバイブを押し込んでいったのである。

「あう、いい気持ち……！」

利奈が彼の上で呻き、伸夫も締め付けや潤いとともに、直腸からのバイブの振動がペニスの裏側に伝わってきた。

しかも恵理香はバイブの根元を握り、利奈の肛門で小刻みに出し入れしはじめたようだ。膣内も連動するようにキュッキュッと締まり、彼はズンズンと股間を突き上げながら高まっていった。

しかし恵理香が待機しているので、ここで果てるわけにいかなかったが、

「い、いっちゃう……、アアーッ……！」

すぐに利奈が声を上げ、ガクガクと狂おしいオルガスムスの痙攣を開始したのだ。

やはり前後の穴を刺激され、好きな姉貴分と初体験の相手を前にして、あっという間に昇り詰めてしまったのだろう。

伸夫も収縮する膣内で何とか保つことが出来、間もなく利奈が硬直を解いてグッタリともたれかかってきた。

「本当に早くいっちゃったわね……」

見ているうち、恵理香も高まってきたように息を弾ませて言った。

すると利奈は余韻を味わう間もなく彼女のため、伸夫の上からゴロリと離れて場所を空けたのだった。

恵理香は利奈の肛門から細いバイブのスイッチを切って引き抜くと、そのまま拭いもせずに構わず自分の肛門に潜り込ませてスイッチを入れた。

そして利奈の愛液にまみれているペニスに跨がり、膣口にあてがうとゆっくり腰を沈めていった。

ヌルヌルッとペニスが根元まで呑み込まれると、また伸夫は肉襞の摩擦と同時に、伝わる震動を感じて幹を震わせた。やはり直腸に異物が埋まっていると締まりが増していた。

「ああ……、いいわ、私もすぐいきそう……」

恵理香が身を重ねて言い、キュッキュッときつく締め上げてきた。

「ノブ君もお尻に入れてみる？」

「い、いえ、僕はいい……」

囁かれ、彼は文字通り尻込みするように答えた。

「そう、残念。ノブ君のアヌス処女をもらいたかったのに。慣れるとすごく気持ちいいのよ」

恵利香は言いながら、徐々に腰を動かしはじめた。

仲夫も両膝を立てて蠢く尻を支え、ズンズンと股間を突き上げながら、隣にいる利奈の顔も抱き寄せた。

そしてまた三人で鼻を突き合わせて舌をからめ合うと、仲夫は混じり合った甘酸っぱい吐息に激しく高まった。

「唾を掛けて、思いっきり……」

口を離して言うと、先に恵理香が遠慮なくペッと吐きかけてくれ、続いて利奈も恐る恐る吐きかけてくれた。

「ああ……、いきそう……」

二人分の唾液と吐息を顔中に受け、仲夫は混じり合った果実臭にゾクゾクと高まった。その間も摩擦と震動が伝わり、いよいよ危うくなると股間を激しく突き上げはじめた。

「い、いく……！」

とうとう仲夫は昇り詰めて呻き、快感とともにありったけの熱いザーメンをドクンドクンと勢いよく恵理香の中にほとばしらせてしまった。

「いい、いい気持ち……、ああーッ……！」

噴出を感じた恵理香も声を上げ、オルガスムスに達したようだ。ガクガクと狂おしい痙攣とともに、きつい収縮が彼を包み込んだ。

その間も伸夫は二人の顔を引き寄せ、混じり合った熱くかぐわしい吐息を嗅ぎながら、心置きなく最後の一滴まで出し尽くしていった。

やがて彼がグッタリとなって力を抜くと、上の恵理香も硬直を解いて体重を預けてきた。

まだ収縮と振動が伝わり、射精直後のペニスがヒクヒクと過敏に跳ね上がった。

伸夫は上と横から密着する二人の温もりを感じ、ミックスされた吐息を胸いっぱいに嗅ぎながら、うっとりと余韻に浸り込んだ。

「利奈……、バイブを抜いて……」

起き上がる力もないように恵理香が言うと、利奈が身を起こして彼女の尻に回り、スイッチを切ってヌルッとバイブを引き抜いた。

「あう……」

恵理香がその刺激に呻くと、あらためて膣内をキュッキュッと締め付けた。

「ああ……、気持ちいい……」

彼は熱く濡れた膣内で幹を震わせて喘いだ。

やがて呼吸を整えた恵理香が身を起こし、そろそろと股間を引き離すと添い寝していった。

すると利奈が、愛液とザーメンにまみれ満足げに萎えているペニスにしゃぶり付いてきたのである。熱い息を股間に籠もらせながら、念入りに舌を這わせてヌメリを吸い取った。

「く……、も、もういい……」

仲夫はクネクネと腰をよじらせ、強い刺激に降参したのだった。

4

「おはよう。今週は追い込みだから、みんな張り切ってね」

月曜の朝、仲夫が出勤すると、奈津緒が揃った一同に言った。

昨日は一日中、恵理香や利奈と戯れ、もう仲夫も何度射精したか分からないほどになり、帰宅すると早寝してぐっすり眠り込んだのだった。

それでも連休明けで寝坊することもなく、気力も体力もすっきり回復し、元気に出勤してきたのである。

何しろ社の六人全員と交渉を持っており、また充実するであろう一週間が訪れたのだ。

もちろん美女たちの性欲解消のためばかりでなく、仕事の方でも早く一人前にならなければ、いずれ追い出されてしまうだろう。

いよいよ次に出るタウン誌の締め切りも迫ってきているようで、全員が表情を引き締めていた。そして伸夫との目眩《めくるめ》く行為も、彼女たちの元気に一役買っていることだろう。

彼は午前中、各原稿の最終確認をし、チェック洩れがないか確かめた。

そして昼前に、締め切り最後のグルメ記事のため、また伸夫は早苗と一緒に社を出たのだった。

今回は二軒のレストランを回るらしいが、どちらも海岸通りなので車ではなく徒歩で行けるようだ。

（締め切り前だから、今日は何もないかも……）

伸夫は、一緒に歩く早苗の巨乳を見て、甘ったるい匂いを感じながら思ったが、本来は肉体関係などなくて当たり前なのである。

とにかくまずは一軒めの洋食屋に入り、早苗はグラスビールとワイン、料理あれこれを注文した。

仲夫も一緒に撮影しながら飲み食いし、ステーキを切っては口に運ぶ早苗の、相変わらずの健啖ぶりに目を見張った。

今日は梅雨空《つゆぞら》のせいか客は少なく、まだ夏前なので観光客もまばらだった。

これから仕事三昧《ざんまい》の一週間になるかも知れないのに、目の前で旺盛な食欲を見せる早苗の整った顔立ちと、揺れる巨乳を見ながらモヤモヤと妙な気分になってきてしまった。

やはり女体というのは、一度知れば気が済むというものではなく、知れば知るほどまたしたくなるということが分かった。

やがて食事を終えると、早苗は食後のケーキとコーヒーも頼んだ。

「そんなに食べて、二軒目は大丈夫なんですか？」

彼は心配になって訊いたが、グルメのプロである早苗なら、きっと難なく二軒めもクリアすることだろう。

「ううん、実は二軒めは昨日のうちにこっそり取材を済ませていたの」

「え……？」

彼女の答えに、仲夫は思わずドキリと胸を高鳴らせた。

「だからここを早く出れば、一時間半ばかり空くわ」

早苗が言い、あっという間にケーキを平らげてコーヒーも飲み干した。

「さあ出ましょう」

済むと彼女は気が急くように言って立ち上がり、会計を済ませた。

伸夫と一緒に店を出ると、彼女はためらいなく通りを進んで、ラブホテルに入っていったのだ。

前に百合子と入ったのとは別のホテルである。

早苗は近所に住んでいるというのに、誰かに見られる心配などしていないらしい。

彼も慌てて従い、最上階の部屋に入った。

「わあ、この部屋、前から気になっていたのよ」

早苗が窓際に行って歓声を上げた。大きな窓からは海が臨め、広い部屋で観葉植物が多く、ダブルベッドの他にハンモックまで備わっていた。

伸夫は景色などどうでも良く、美女と密室に入ったことで股間が痛いほど突っ張ってきてしまった。

もちろん朝の出がけにはシャワーも済ませている。

そして美女二人を相手の３Ｐも良かったが、あれは年に何度もない明るいお祭りのようなもので、やはり淫靡な秘め事は一対一の密室に限ると思ったのだった。

「じゃ脱ぎましょう」

早苗も言ってカーテンを引くと、向き直って手早く脱ぎはじめていった。

彼も、早苗から漂う甘い匂いを感じながら手早く全裸になった。

「ハンモックに寝てみて」

白く豊満な肌を露わにしながら早苗が言い、伸夫も恐る恐る近づいた。台に乗って転げ落ちないよう屁《へ》っ放《ぴ》り腰で何とか横になると、

「そうじゃなく、うつ伏せに」

早苗が最後の一枚を脱ぎ去って言うので、彼も揺れながら辛うじて腹這いになっていった。

すると彼女が下に座り、うつ伏せになった伸夫のペニスを、ハンモックの粗い網目の間から下に突き出させた。

そして真下からパクッと亀頭にしゃぶり付いてきたのである。

「あう……」

伸夫は新鮮な快感に呻き、股間に熱い息を感じながら最大限に勃起していった。

うつ伏せのまま真下から含まれると、何やら無重力で快感を得ているような気持ち

になった。

しかもハンモックが左右に揺れるたび、真下で舌が蠢き、たちまち唾液にまみれた幹がヒクヒク震えた。

早苗もスッポリ呑み込んで吸い付き、舌をからめ、時に口を離し網目の間から陰嚢まで舐め回した。

「ああ、気持ちいい……」

伸夫は揺れながら快感に喘ぎ、早苗も念入りにしゃぶってくれた。

「さあ、あまり長いと肌に痕が付くわ」

やがて早苗が言って身を起こし、支えながら彼をハンモックから降ろしてくれた。

彼も、網目からはみ出した巨乳を味わってみたかったが、それこそ色白の柔肌を持つ彼女は乗らない方が良いだろう。

あらためて二人してベッドに横になると、伸夫は弾むように息づく巨乳に顔を埋め込んで乳首に吸い付いていった。

「アア、いい気持ちよ……」

舌で転がし、もう片方の膨らみにも指を這わせると、早苗がうっとりと喘いで熱く息を弾ませた。しかしコリコリと硬くなった乳首を強く吸っても、生ぬるく薄甘い母乳は、もうほんの少ししか滲んでこなかった。

「あんまり出てこない……」

「そろそろ出なくなる頃なの。飲みたかったならごめんなさいね」

言うと、早苗が彼の髪を撫でながら答えた。

それでも伸夫は左右の乳首を念入りに吸っては、僅かに滲む母乳で喉を潤し、顔中で豊かな膨らみを味わった。

さらに腕を差し上げて腋の下に鼻を埋めると、生ぬるくジットリ湿ったそこには、ミルクのように甘ったるい汗の匂いが濃厚に籠もっていた。

「いい匂い……」

伸夫はうっとりと酔いしれながら言い、六人の中で最も体臭の濃い早苗の匂いで胸を満たした。

そして白く滑らかな肌を舐め降り、豊満な腰のラインから脚までを舐め降りていった。

スベスベの脚を舌でたどると、彼女もじっとされるままに身を投げ出していた。

足裏を舐め、指の間に鼻を押し付けて嗅ぐと、今日も生ぬるい汗と脂に湿り、蒸れた匂いが濃く沁み付いていた。

貪るように嗅いでから爪先にしゃぶり付き、順々に指の股に舌を割り込ませて味わうと、

「アア……、それ好き……」

早苗が声を震わせて言い、彼の口の中で唾液に濡れた指を縮めた。

足指だけでなく、ぽっちゃり型の早苗は全身が性感帯のように感度が良かった。

伸夫も、最初に興奮しながら味わったときよりも余裕を持ち、相手の反応を見ながら愛撫を進めることが出来た。

こんな成長も、多くの女性たちによる教育のおかげだろう。

彼は両足とも全ての指の股を舐め、味と匂いを貪り尽くした。

大股開きにさせて脚の内側を舐め上げ、ムッチリと量感ある白い内腿をたどって割れ目に迫ると、蒸れた熱気が感じられた。指で陰唇を広げると、息づく膣口からは母乳に似た白濁の粘液が滲み、彼は舌を這わせながら顔を埋め込んでいった。

柔らかな恥毛に籠もる濃厚な汗とオシッコの匂いで鼻腔を刺激され、淡い酸味のヌメリをすすり、膣口からクリトリスまで舐め上げていくと、

「アアッ……、いい気持ち……」

早苗が身を弓なりに反らせて喘ぎ、きつく彼の顔を内腿で挟み付けた。

伸夫は味と匂いを充分に堪能してから、彼女の両脚を浮かせ、豊かな尻の谷間に移動して蕾に鼻を埋めた。

蒸れた匂いを貪ってから舌を這わせ、ヌルッと潜り込ませて粘膜を味わうと、

「あう、すごい……」

早苗が浮かせた脚を震わせて呻き、モグモグと味わうように肛門で舌先を締め付けてきた。彼も執拗に舌を蠢かせ、ようやく口を離して脚を下ろした。

そして左手の人差し指を舐めて濡らし、唾液に濡れた肛門にズブズブと潜り込ませ、右手の二本の指を膣口に押し込み、前後の穴の内壁を擦りながらクリトリスに吸い付いていった。

「アア……、いいわ、もっと動かして……」

早苗が自ら巨乳を揉みしだきながら喘ぎ、新たな愛液をトロトロと漏らしてきた。

前後の穴で指が痺れるほど締め付けられ、彼は天井のGスポットも指の腹で圧迫しながら味と匂いを堪能した。

「お、お願い、入れて……」

すっかり高まった早苗が言い、彼も前後の穴からヌルッと指を引き抜いた。

膣内にあった二本の指はヌルヌルにまみれ、肛門に入っていた指には生々しい微香

が感じられた。

彼も興奮を高めて身を起こし、股間を進めていった。

幹に指を添えて先端を割れ目に擦り付け、充分にヌメリを与えてから、ヌルヌルッと一気に根元まで貫くと、

「あう、いい……！」

早苗が顔を仰け反らせて声を洩らし、キュッときつく締め付けてきた。

伸夫も股間を密着させながら巨乳に身を預け、膣内の温もりと感触を味わった。

しかし、まだ時間も残っているだろうから、彼は何度か腰を突き動かしただけで身を起こしていったのだった。

5

「ね、一度抜くので、バスルームでオシッコ出して……」

「い、いいわ……」

伸夫が囁くと早苗も答え、彼はヌルッとペニスを引き抜いた。

そしてまだ喘いでいる彼女を助け起こしながらベッドを降りると、バスルームに移

動した。

バスタブも洗い場も実に広く、窓からも海が見渡せた。

彼はシャワーの湯を出してペニスに浴びせた。それは、またおしゃぶりしてもらうため愛液のヌメリを落とすためだ。

すると早苗が、壁に立てかけてあったマットを床に敷いた。

「ここでしましょう。済んだらすぐシャワーを浴びられるように」

彼女が言う。やはり彼女も快感ばかりでなく、会社に戻らないとならないため、それなりに時間の配分も頭にあるようだった。

伸夫は仰向けになり、彼女の手を引いて顔に跨がらせた。

「アア、ドキドキするわ……」

早苗が声を震わせながらしゃがみ込むと、内腿がムッチリと張り詰めて割れ目が彼の鼻先に迫った。

伸夫は下から豊満な腰を抱え、まだ流していない割れ目に鼻を埋め込んだ。

そして匂いに噎せ返りながら舌を挿し入れ、迫り出すような柔肉の蠢きを感じた。

「いいの？　いっぱい出そうよ、溺れないで……」

上から早苗が言い、間もなくチョロチョロと熱い流れがほとばしって彼の顔に注がれてきた。

「く……」

目や鼻に入るのを避けながら口に受け、喉に詰めて咳き込まないよう味わった。

味も匂いも淡くて清らかだが、何しろ勢いが強く量が多いので、顔中がビショビショになって耳にも入ってきた。

「ああ……、いい気持ち……」

早苗がM字の脚を踏ん張りながら喘ぎ、長い放尿を続けた。

いよいよ鼻にも入って噎せそうになると、ようやく勢いが弱まり、間もなく流れが治まってくれた。

辛うじて溺れずに済むと、伸夫は悩ましい残り香の中で余りの雫をすすり、濡れた割れ目を舐め回した。

「アア……、もういいわ、また入れたい……」

早苗が喘いで言い、懸命に股間を引き離すと、彼の股間に移動した。

入れる前に、伸夫は両脚を浮かせて抱え、尻を突き出すと、彼女も厭《いと》わず肛門を舐め回し、ヌルッと舌を潜り込ませてくれた。

「あう、いい……」

彼は妖しい快感に呻き、肛門で美女の舌先を締め付けた。

早苗も中でチロチロと舌を蠢かせ、そのたびに勃起した幹がヒクヒク上下した。

しかし彼女も気が急いているように、間もなく引き抜き、脚を下ろして陰嚢を舐めると、すぐにも肉棒の裏側を舐め上げてきた。

滑らかに先端まで舐め上げて尿道口をチロチロとくすぐり、張り詰めた亀頭をしゃぶって呑み込み、何度かスポスポと摩擦しただけで顔を上げた。

そして自分から前進して跨がり、割れ目を先端に擦り付けると、ゆっくり座り込んでペニスを膣口に受け入れていった。

「アアッ……、いいわ……」

ヌルヌルッと根元まで嵌め込むと、早苗が顔を仰け反らせて喘ぎ、ピッタリと股間を密着させてきた。

色づいた乳首から、僅かに滲んだ母乳の雫が艶《なま》めかしい。

伸夫も温もりと締め付けを味わい、両手を伸ばして彼女を抱き寄せた。

早苗も身を重ね、巨乳を彼の胸に擦り付け、すぐにも腰を動かしはじめた。

彼も潜り込むようにして乳首を吸い、雫を舐めてから両膝を立てて両手でしがみつくと、リズムを合わせてズンズンと股間を突き上げはじめていった。

溢れる愛液ですぐにも律動が滑らかになり、ピチャクチャと淫らな摩擦音が響いてきた。

「ああ、すぐいきそうよ……」

早苗が熱く喘ぎ、挿入を中断された分を取り戻すかのように、激しく股間を擦り付けて若い肉棒を締め上げた。

「唾を飲ませて……」

「そうだったわね、何でも飲みたいのね……」

下から囁くと早苗が答え、上からピッタリと唇を重ねてくれた。

舌をからませると、彼女も口移しにトロトロと大量の唾液を注いでくれ、彼は生温かく小泡の多い粘液を味わい、うっとりと喉を潤した。

「ンンッ……」

早苗も高まりながら熱く鼻を鳴らし、彼の鼻腔を湿らせながら動きと収縮を強めていった。溢れる愛液で互いの股間がビショビショになり、やがて唾液の糸を引きながら唇が離れると、

「い、いきそう、もっと突いて……！」

彼女が口走り、伸夫も懸命に股間を突き上げ続けた。

早苗の熱い吐息は、彼女本来の甘い花粉臭に食後のオニオン臭も混じっており、悩ましく鼻腔が刺激された。

「しゃぶって……」

言いながら早苗の喘ぐ口に鼻を押し込むと、彼女もヌラヌラと滑らかに鼻の頭を舐め回してくれた。すると美女の吐息と唾液の匂いに包まれながら、とうとう伸夫は昇り詰めてしまった。

「い、いく……！」

大きな絶頂の快感に口走りながら、熱い大量のザーメンをドクンドクンと勢いよく噴き上げると、

「か、感じる……、アアーッ……！」

奥深い部分を直撃された彼女も声を上ずらせ、ガクガクと狂おしいオルガスムスの痙攣を開始した。

激しい収縮と締め付けで全身まで吸い込まれるような思いの中、彼は心ゆくまで快感を嚙み締め、最後の一滴まで出し尽くしていった。

すっかり満足しながら彼が徐々に突き上げを弱めていくと、

「ああ……、すごかったわ。前のときよりも……」

早苗も豊満な肌の硬直を解きながら吐息混じりに言い、グッタリと力を抜いて彼にもたれかかってきた。

伸夫も重みを受け止め、まだ名残惜しげにキュッキュッと締まる内部でヒクヒクと過敏に幹を跳ね上げた。そして濃厚な吐息で鼻腔を満たしながら、うっとりと余韻に浸り込んでいったのだった。

重なったまま荒い呼吸を整えると、ようやくノロノロと早苗が身を起こした。

伸夫も起き上がり、二人でシャワーを浴び、脱衣所に出て身体を拭いた。

「さあ、会社に戻って夕方までに原稿を仕上げるわ」

身繕いをしながら、早苗が気持ちを切り替えるように言った。

そして彼が服を着る間に髪を直し、室内をチェックした。

「真夏に来たいけど、きっと予約でいっぱいでしょうね。でも今日は入れて良かった」

よほど前から入りたかったように早苗が言い、一緒に部屋を出た。

やはりタウン誌だけあり、地元のラブホテルの紹介などもあるようで、早苗はこの部屋が気になっていたのだろう。

やがて伸夫は周囲を気にしながらホテルを出ると、早苗と足早に歩いて社へと戻ったのだった。

もちろん他のスタッフたちは、自分の仕事に専念していた。

早苗はすぐにもグルメ原稿にかかり、伸夫もデジカメ画像をパソコンに移した。

さらに百合子がそれらのデータをレイアウトし、怜子はスポーツ記事と、恵理香も占い記事を仕上げているようだ。

この後、まとめたデータを印刷所に送ってしまえば、見本が出来るまでは一段落となるだろう。

ただタウン誌ばかりでなく、観光案内パンフや地元の人の書いた自伝や詩歌集などの自費出版本の仕事もあるらしい。

だから各自が目先の仕事を順々にこなすのが精一杯で、全員が何日か休めるようなことはないので、今までも社員旅行などはしていないようだった。

伸夫も、夕方まで懸命に仕事をした。

今までは自分一人で小説を書き、いつの日かデビューできれば良いと思っていたのだが、こうして多くの人と一つの仕事を仕上げるというのも良いものだと思うようになっていた。

そう、皆のセックスの相手ばかりでは先が不安である。

ここで少しでも多くのスキルを磨いて経験を重ね、自分の未来に役立てなければばいけないと思った。

そしていつも思うことだが、本当にこの社に入れて良かったと思ったのだった。

伸夫は仕事の合間に、チラと皆の顔を見ては、あの人ともこの人ともセックスしたのだと思うと、何とも誇らしい気持ちになった。

やがて退社時になり、今夜は誰からのお誘いもなく伸夫は一人でアパートへ戻り、例によって冷凍食品の夕食を済ませた。

もちろん何の不満もなく、これが普通の生活なのだと思った。

ただ普通でないのは、ここ数日一回もオナニーしておらず、今夜も明日何か良いことが起きるときのため、我慢して寝ることにしたのだった。

第六章　果てなき快楽の日々

1

「ノブ君、今回の編集後記で新入社員としてコメント書いて。ペラ一枚でいいわ」

翌朝、伸夫が出社すると奈津緒に言われた。

「分かりました。すぐかかります」

彼も答え、その場でパソコンに向かった。

ペラ一枚だから二十字×十行で、原稿用紙の半分である。文章を書くのは好きなので、入社してから仕事を覚え、上司や先輩と飛び回っていることなどのコメント文を十五分ほどで仕上げた。

「こんなところでいかがでしょう」

「まあ、もう書き上げたの？」

言うと奈津緒が来て彼の肩越しにモニターを覗き込み、すぐにも読んでくれた。

「いいわ、これで。次回からは多くの記事をお願いするわね」

奈津緒が即座にＯＫを出してくれ、伸夫はほんのり感じる女社長の白粉臭の吐息で股間を疼かせてしまった。

「じゃ百合子さんと出かけて印刷のチェックを」

奈津緒に言われ、部長の百合子も出る準備をしているので彼は席を立った。

「では行ってきます」

彼は言い、百合子と一緒にオフィスを出た。

駐車場に降りると彼女が運転席に乗り、伸夫は助手席だ。

並んで座ると胸がときめいた。何といっても伸夫にとって百合子は、最初の女性だから思い入れも大きかった。

「印刷所は遠いんですか」

「ううん、そんなに遠くじゃないけど、その前に寄るところがあるわ」

訊くと百合子が答えて、車をスタートさせた。海岸道路から市街に入ると、さらにものの十分ほどで住宅街入り口にあるマンションに着いた。

駐車場に車を停めて降りると、エレベーターで五階まで上がった。

するとと百合子は、「水沢」の表札のあるドアの鍵を開け、彼を招き入れたのだった。

どうやら彼女の住まいらしく、上がり込むと流しとキッチン、リビングに寝室などがある2LDKらしい。

「こっちへ」

百合子はリビングではなく、いきなり彼を寝室に招いた。まだ午前十時前だが、彼女は相当に催しているように頬を上気させていた。

「脱いで。みんなともしたのね」

メガネ美女の彼女が脱ぎはじめながら、レンズの奥の目を嫉妬深そうに光らせた。

「い、いえ、してません」

「嘘。みんなの様子が一変しているわ。苛《いら》ついたりギスギスした感じが消え失せているから、きっとあなたを共有しているからなのね」

百合子が、三十五歳の白い熟れ肌を徐々に露わにしながら言う。かなり皆を観察し、見る目もあるようだ。

伸夫を中心に皆の連帯感が生じたのなら、奈津緒の思惑も正解だったのだろう。

やがて彼も、モジモジと脱ぎはじめた。

「いいわ、本当のことを言わなくても、私としてくれるなら」

「ええ……」

「それで、誰が一番良かった？　歳の近い恵理香さんかしら、でも彼女は変わった雰囲気があるから、可愛い利奈ちゃんね」

「いいえ、初体験の相手である百合子さんが一番好みです」

「そんなお世辞は要らないわ。でも、私が最初の女というのは本当？」

「本当です」

「そう、それならいいわ」

百合子は頷き、やがて互いに全裸になってベッドに横たわると、やはり枕に沁み付いた匂いに鼻腔が刺激された。

「メガネはこのままでいいわね？」

「ええ、その方がいいです」

彼は答えながら、甘えるように腕枕してもらった。白く豊かな乳房が息づき、腋からは生ぬるく甘ったるい汗の匂いが感じられた。

百合子も期待と興奮に、ずっと汗ばんでいたのだろう。

伸夫は膨らみに手を這わせながら、色っぽい腋毛の腋の下に鼻を埋めた。

「いい匂い……」

「あう……、剃《そ》った方がいいかしら……」

「ううん、ずっとこのままで」

彼は答え、柔らかく色っぽい腋毛に鼻を擦りつけ、生ぬるく甘ったるい汗の匂いに噎せ返った。やはり腋毛があると匂いが濃く籠もり、しかも恥毛に似た感触が興奮を高めた。

「ああ、可愛いわ……」

百合子も息を弾ませて言い、彼の髪を撫でながら額にキスしてくれた。

濡れて柔らかな唇を感じるだけで、伸夫はビクリと反応した。

やがて美女の体臭で胸をいっぱいに満たしてから彼は顔を移動させ、チュッと乳首に吸い付くと、舌でチロチロと転がしながら顔中を膨らみに埋め込んだ。

「アア……」

すぐにも百合子が熱く喘ぎ、うねうねと身悶えはじめた。

もう片方の乳首も含んで舐め回し、伸夫は白く滑らかな肌を舐め降りていった。臍を探ってから、張り詰めた下腹に耳を当てて弾力を味わうと、微かな消化音が聞こえた。

どんな美女でも貪欲に消化吸収をし、この奥に内臓があるのだと思うと、当たり前のことなのにやけに興奮し、彼は美女に飲み込まれて栄養にされたい気持ちになってしまうのだった。

腰から脚を舐め降り、まばらな体毛のある脛も念入りに舌でたどると、やがて足裏を舐め回した。そして指の股に鼻を割り込ませ、汗と脂の湿り気を含んで蒸れた匂いを貪った。

「そ、そんなところはいいから……、あう！」

爪先をしゃぶられ、百合子が呻きながらビクッと脚を震わせた。興奮が高まり、早く一つになりたいのだろう。

伸夫は舌を割り込ませ、両足とも指の間の味と匂いを堪能し、ようやく彼女を大股開きにさせていった。

脚の内側を舐め上げ、ムッチリした内腿を通過して股間に迫ると、悩ましい匂いを含んだ熱気と湿り気が顔中を包み込んできた。

はみ出した陰唇を指で広げると、ピンクの柔肉はヌラヌラと大量の愛液に潤い、彼が童貞を捧げた膣口が挿入を待つように息づいて、光沢あるクリトリスがツンと突き立っていた。

堪らずに顔を埋め込み、柔らかな茂みに鼻を擦りつけて嗅ぐと、生ぬるく蒸れた汗とオシッコの匂いが悩ましく鼻腔を掻き回してきた。

仲夫は貪るように嗅ぎながら舌を這わせ、熱いヌメリをすすって膣口の襞を探り、ゆっくりクリトリスまで舐め上げていった。

「アアッ……、いい気持ち……」

百合子が熱く喘ぎ、内腿でキュッときつく彼の両頬を挟み付ける。

彼は味と匂いを貪ると、さらに彼女の両脚を浮かせて尻の谷間に鼻を埋め込んだ。

ピンクの蕾に籠もる蒸れた微香を嗅ぎ、舌を這わせて息づく襞を濡らし、ヌルッと潜り込ませて滑らかな粘膜を舐めた。

「あう……」

百合子が呻き、モグモグと味わうように肛門で舌先を締め付けた。

仲夫は舌を蠢かせ、充分に味わってから脚を下ろし、再び割れ目に吸い付いた。

「ね、オシッコ漏らして」

「む、無理よ、ベッドの上でなんか……」

「決してシーツを濡らしたりしたいから」

仲夫はせがみ、執拗に舌を這わせてヌメリをすすった。

彼はすでに百合子が外出前にトイレに行ったことを知っているので、それほど多くは出ないだろうと思ったのだ。

シーツを濡らさないも何も、すでに滴る愛液でシミが広がっていた。

「く……、そんなに吸ったら本当に出ちゃうわ……」

朦朧《もうろう》としながら放尿してもよい気になったのか、彼女がそう言うので伸夫はさらに強く吸い付いた。

舌を挿し入れると柔肉が迫り出して、すぐにも味わいと温もりが変化した。

「あう、出る……」

百合子が呻くと同時に熱い流れが一瞬だけほとばしったが、勢いはその時だけで、あとはあまりが割れ目内部に溜まって溢れる感じだった。

だからこぼすまでもなく彼は口に受けて飲み込み、あとは悩ましい匂いの中で潤いをすすった。

「アア……、こんなことするなんて……」

百合子がハアハア喘ぎながら声を洩らし、彼がなおも貪ると、淡い味わいは消え去り、すぐにも酸味のあるヌメリが割れ目いっぱいに満ちてきた。

「お、お願いよ、入れて……」

彼女がせがみ、伸夫も味と匂いを堪能してから身を起こした。

「入れる前に舐めて濡らして」

彼は前進して百合子の胸に跨がり、勃起したペニスを鼻先に突き付けた。

初体験の時には出来なかった行為だが、今の伸夫は自身の欲望にも正直になることが出来た。

すると百合子も顔を上げて先端を舐め、張り詰めた亀頭にしゃぶり付いてくれた。

2

「ンンッ……！」

百合子が喉の奥まで呑み込んで吸い付き、熱く呻きながら舌をからめた。

伸夫も前屈みになって深々と押し込み、股間にメガネ美女の熱い息を受けながら快感を高めた。

滑らかに蠢く舌に翻弄《ほんろう》され、たちまち彼自身は生温かな唾液にまみれて震えた。

やがて彼が危うくなる前に、百合子の方が息苦しくなったようにスポンと口を引き離した。

伸夫は再び移動し、大股開きにさせた百合子の股間に戻った。

そして唾液に濡れた先端を、愛液が大洪水になっている割れ目に押し当て、ゆっくり感触を味わうように膣口に挿入していった。

ヌルヌルッと滑らかに根元まで潜り込ませると、

「アアッ……、いいわ、奥まで響く……！」

百合子が身を弓なりに反らせて喘ぎ、キュッときつく締め付けてきた。

伸夫も肉襞の摩擦と温もり、締め付けと潤いに包まれながら股間を密着させ、身を起こしたまま何度か腰を突き動かした。

「あう、もっと……！」

百合子も股間を突き上げて呻き、両手を伸ばして彼を抱き寄せた。

伸夫も脚を伸ばして身を重ねると、胸の下で押し潰される乳房が心地よく弾んだ。

彼女は下から両手でシッカリとしがみつき、さらに両脚まで伸夫の腰にからみつけてきた。

初体験の時は、彼もあれこれ手ほどきを受けたものだが、本来の百合子は受け身タイプなのかも知れない。

伸夫はのしかかりながら、上からピッタリと唇を重ねて舌をからめた。

生温かな唾液に濡れた舌がチロチロと滑らかに蠢き、彼は美女の吐息と唾液にうっとりと酔いしれながら、いつしか股間をぶつけるように激しく突き動かしていた。

「アア……、い、いきそう……！」

口を離して彼女が仰け反り、収縮と潤いが格段に増してきた。

何やら締め付けと潤いで、油断するとペニスが押し出されそうになるので彼はグッと股間を押しつけた。

あるいは初回は童貞で分からなかったが、百合子は相当な名器なのかも知れない。

伸夫も高まりながら、メガネ美女の喘ぐ口に鼻を押し込んで嗅ぎ、熱い吐息に含まれる濃厚な花粉臭で胸を満たした。

悩ましい匂いに鼻腔を刺激された途端、たちまち伸夫は昇り詰めてしまった。

「く……！」

快感に呻きながら、熱いザーメンをドクンドクンと勢いよく注入すると、

「い、いく、すごいわ……、アアーッ……！」

百合子も声を上げて身を強ばらせ、ガクガクと狂おしい痙攣を開始した。

激しいオルガスムスに腰が跳ね上がり、彼は抜けないよう動きを合わせて股間を押しつけながら、心置きなく最後の一滴まで出し尽くしていった。

満足しながら律動を弱めていくと、

「ああ……、もうダメ……」

百合子も力を抜いて声を洩らし、グッタリと身を投げ出していった。

まだ収縮が続き、彼はヒクヒクと過敏に幹を震わせ、のしかかって熱く濃厚な吐息を嗅ぎながら余韻を嚙み締めた。

すると潤いと締め付けで、たちまち彼自身が押し出されてヌルッと抜け落ちてしまった。

伸夫は股間から離れて添い寝し、また腕枕してもらいながら呼吸を整えた。

「一回目より、ものすごく上手になってるわ……」

百合子が息を弾ませながら言う。

「ええ、百合子さんのおかげです」

「ううん、きっとみんなのおかげなんでしょうね。でも、上手になるのは嬉しいことだわ……」

彼女が言い、やがてノロノロと身を起こした。そしてティッシュで手早く割れ目を拭いながらペニスに屈み込み、愛液とザーメンにまみれた亀頭にしゃぶり付き、念入りに舐め回してくれたのだ。

「あう、また勃《た》っちゃうよ……」

もう過敏な状態は越えたので、刺激に回復しそうになって彼は言った。

「そうね、そろそろ仕度しないと……」

百合子も名残惜しげに口を離して言い、ベッドを降りてバスルームに入った。

彼も一緒に入ってシャワーを浴び、回復を堪えながら身体を拭くと、二人で手早く身繕いをした。

そしてマンションを出ると車に乗り、ものの五分で契約している印刷所へと着いたのだった。

タウン誌の最新号の刷り見本を見せてもらうと、

「いいわ、これでお願い」

百合子がすぐにもOKを出した。

会社のナンバー2である百合子は、表紙の決定なども任されているのだろう。

そして伸夫も印刷所の主任に新品の名刺を渡して挨拶すると、用があっという間に済んでしまった。

再び車に乗って社に戻ると、お昼少し前だった。

「お帰りなさい」

二人で玄関から入ると、受付の利奈が笑顔で言った。

「今日のお昼はお弁当を取ってくれるんですって。その代わり食事しながら企画会議だって」

利奈が言う。その弁当が届くのを待っているのだろう。

「そう、じゃノブ君はここで待機して、一緒にお弁当を運んであげて」

「分かりました」

百合子が言うので答えると、彼女は階段で二階へ上がっていった。

伸夫が利奈と一緒に待っていると、間もなく玄関前に、仕出し弁当屋の車が配達に来て停まった。

すぐ利奈がドアを開けて迎えたので、伸夫も運ばれてきた二つの袋を受け取り、彼女は受け取りにサインした。

やがて業者が帰っていくと、そのまま利奈がドアを閉めてロックした。昼休み中は利奈も上で食事するので施錠するらしい。

伸夫が弁当の袋を持って階段へ行こうとすると、

「待って、まだ五分以上あるわ。ここにいましょう」

利奈が言って受付に彼を引き留めた。

確かに奈津緒は時間に厳しく、昼休みも正午ピッタリからなのだ。

すると利奈が顔を寄せ、唇を求めてきた。

仲夫も美少女の柔らかな感触を味わい、ネットリと舌をからめてしまった。

ドアはロックしたし、誰かが階段やエレベーターから降りてくれば、すぐに物音で分かる。

それに利奈は、セーラー服も似合うが、受付の青い制服も可憐なのだ。

念入りに舌をからめ、生温かく清らかな唾液をすするうち、仲夫はムクムクと激しく勃起してきてしまった。

ようやく唇を離し、さらに美少女の口を開かせて、熱く甘酸っぱい息を嗅ぐと、もう神聖な職場だというのに我慢できないほどの興奮に包まれた。

「三人も楽しかったけど、今度は二人で会いましょうね」

「うん」

利奈の囁きに答え、彼はピンピンにテントを張った股間を突き出した。

「こんなに勃っちゃった……」

「まあ、見せて」

仲夫が言うと彼女は椅子に座り、受付のデスクの陰に彼を招いた。

そして利奈はファスナーを下ろして指を突っ込み、下着の隙間から勃起したペニスを引っ張り出した。

「すごいわ……」

利奈は目を見張って言い、屈み込んで先端に舌を這わせてきた。

張り詰めた亀頭をしゃぶって口を離し、

「何の匂いもしないわ。いつも清潔なのね……」

彼女が股間から見上げて言うが、まさか百合子の部屋でシャワーを浴びたばかりとも言えない。

利奈は再び亀頭を含んで呑み込み、スポスポと摩擦してくれたが、そろそろ正午だろう。

「ああ、気持ちいい……」

「でも時間だわ。今日はここまでね」

伸夫がうっとりと喘ぐと、利奈は殺生《せっしょう》なことを言い、ペニスを押し込んでファスナーを上げた。

彼も仕方なく興奮を鎮め、二つの袋を持って利奈と二階へ上がっていった。

オフィスへ入るとちょうど正午だった。

皆も仕事の手を止め、伸夫が持ってきた弁当を見ると、すぐに怜子がペットボトルから人数分の紙コップにお茶を注いだ。

彼が袋を開けると、利奈が皆のデスクに弁当を運んだが、早苗だけは一人前の弁当を見て物足りなそうな顔をしていた。

3

「では食事中だけど、何か夏の良い企画の案を考えてね」

奈津緒が言い、皆は蓋を開けて弁当を食べはじめた。弁当は幕の内で様々な具材があり、伸夫はいつも良い昼食をご馳走になるので、当分夕食は冷凍物で良いだろうと思った。

「はい」

すると恵理香が、割り箸を握ったままの手を上げたので奈津緒が目を向けた。

「何か良い案がある？」

「心霊スポット巡りとかどうですか、夏だから」

不思議大好きの恵理香が言ったが、やはり他の女性たちはあまり乗り気ではなさそうだった。

「確かに湘南にはお寺とか多いけど、いい加減な紹介をして変な人が行ったりしたら迷惑をかけてしまうわ。他には？」

奈津緒が言ったが、他は良い案が浮かばず、というより考えるふりをして食事を続けていた。やはりこれまでに、早苗はグルメ紀行、怜子は武芸特集など各自の得意分野はやり尽くしているのだろう。

「じゃ頭の隅に入れて、明日までによく考えておいてね」

奈津緒も諦めたように言い、伸夫も頭を巡らせながら皆と一緒に食事をした。

やがて昼食を終えて休憩すると後片付けをし、伸夫は利奈と一緒に大きなポリ袋に空の弁当箱を入れ、他のゴミと一緒に外へ運んだ。

以前の自分なら、美女たちの使った割り箸を舐めたいとか思っただろうが、今は誰もが何でもしてくれるので、そんなことをする必要もない。

玄関ドアのロックを外し、ゴミ捨て場に行くと早苗が出て来た。今日は赤ん坊の体調が良くないので早く帰るらしい。さらに百合子と恵理香が買い物に出た。

タウン誌の製作が一段落したので、みな思い思いの行動をするらしい。

怜子が出てきて社専用のバンを洗うというので、受付も要らず、利奈は伸夫と二階へ戻った。

「企画を考えながら、二人で資料室の雑誌をまとめて捨てておいて」

すると奈津緒が言って社長室に行ってしまったので、伸夫は利奈と一緒に資料室に入った。

他社などから送られてきた不要の雑誌が隅にまとめられているので、彼は利奈とビニールテープで束ね、順々に外へと運び出した。

作業を終えるとまた二人で資料室に戻り、彼は背表紙を見渡しながら新企画を考えようとしたが、どうにも利奈と二人きりだと股間が熱くなってきてしまった。

彼女も同じ気持ちらしく、

「ね、さっきの続きをしたいわ」

笑窪の浮かぶ頰を上気させて言い、彼を窓際の閲覧用デスクに誘った。

窓際へ行くと、下では甲斐甲斐しく怜子が腕まくりして懸命に車を洗っているのが見えた。根っから動くことが好きなのだろう。

社員は、伸夫と利奈以外は全員運転免許を持っている。彼もいずれ取得した方が良いだろうと思った。

とにかく目の前には、受付用の青い制服を着た美少女がいる。

伸夫は彼女の頰を両手で挟み、ピッタリと唇を重ねた。

柔らかなグミ感覚の弾力と唾液の湿り気が伝わり、舌を挿し入れて滑らかな歯並びを舐めると、彼女もうっとりと長い睫毛を伏せ、歯を開いてチロチロと舌をからみつけてくれた。

「ンン……」

利奈が熱く呻くと、吐息が彼の鼻腔を湿らせ、生温かな唾液に濡れた舌の蠢きが実に滑らかで心地よかった。

唇を離して彼女の口を開かせ、鼻を押し込んで嗅ぐと、濃厚に甘酸っぱい果実臭が鼻腔を刺激し、さらに食後の唐揚げの香りもほんのり混じり、伸夫はムクムクと激しく勃起した。

「ね、アソコ舐めたい……」

伸夫が囁くと、利奈もすぐに裾をめくって下着を脱ぎ去ってしまった。

「少しだけよ。あんまりされると入れたくなっちゃうから……」

利奈も、社内ということは意識しているように言った。

伸夫は床に座り、彼女の股間を引き寄せた。柔らかな若草に鼻を埋めて嗅ぐと、生ぬるく蒸れた汗とオシッコの匂いが可愛らしく籠もり、悩ましく彼の鼻腔を刺激してきた。

舌を陰唇の内側に挿し入れ、膣口をクチュクチュ探ると、すぐにも清らかな蜜が溢れて動きが滑らかになった。

「あん……」

利奈がビクリと反応して喘ぎ、さらに彼は顔を押し付けた。ほぼ仰向けで、まるで自転車のサドルにでもなった気分だ。

そしてクリトリスをチロチロ舐め回すと、

「アアッ……、もうダメ……」

感じすぎた利奈が喘ぎ、ビクッと股間を引き離してしまった。

「じゃお尻を向けて」

舌を引っ込めて言うと利奈は背を向け、前屈みになって裾をからげ、彼の顔に尻を突き出してくれた。

大きな水蜜桃のような尻に迫り、両の親指でムッチリと谷間を広げると、可憐な薄桃色の蕾が愛撫を待つように息づいていた。

鼻を埋めると、ひんやりした双丘が顔中に密着し、蕾に籠もる蒸れた匂いが鼻腔をくすぐった。充分に嗅いでから舌を這わせ、ヌルッと潜り込ませて滑らかな粘膜を探

ると、

「あう……、もうダメ……」

少し舌を蠢かせただけで利奈が呻き、キュッと肛門で舌先を締め付けてから、すぐに身を起こしてしまった。

そして彼女は下着を穿いて裾を整えると、

「飲ませて……」

股間の強ばりに触れて、願ってもないことを言ってくれた。

伸夫もベルトを外して下着ごとズボンを膝まで下ろし、ピンピンに勃起したペニスを露わにしてデスクに座った。

すると利奈が椅子に腰を下ろし、顔を迫らせてきた。

両手で幹を挟んで支え、粘液の滲む尿道口にチロチロ舌を這わせると、

「ああ……」

伸夫は快感に喘いでペニスを震わせた。まるで美少女がキャンディでもしゃぶっているような無邪気な表情と、滑らかな舌の感触だ。

社内だし、しゃぶっているのは青い制服の美少女で、窓の下ではアスリート美女が洗車しているという状況で、自分だけが密やかな快感を得ているのである。

「気持ちいい？」

股間から、利奈がつぶらな目を上げて訊いてくる。

「うん、すぐいきそう……」

「いいわ、思いっきり出して」

彼が頷いて言うと利奈が答え、今度は張り詰めた亀頭をくわえ、そのままスッポリと喉の奥まで呑み込んでいった。

幹の付け根近くを唇が丸く締め付けて吸い、口の中では満遍なく舌が這い回り、彼自身は清らかな唾液に生温かくどっぷりと浸された。

さらに彼女が顔を前後させ、スポスポとリズミカルな摩擦を開始すると、

「ああ、いきそう……」

伸夫も急激に絶頂を迫らせて喘いだ。

すると利奈も吸引と摩擦を強め、熱い鼻息で恥毛をそよがせた。たちまち彼は高まり、あっという間に大きな絶頂の快感に全身を貫かれてしまった。

「い、いく……、気持ちいい……！」

声を洩らしてガクガク震えながら、熱い大量のザーメンをドクンドクンと勢いよくほとばしらせると、

「ク……、ンン……」

喉の奥を直撃された利奈が微かに眉をひそめて呻き、それでも噎せることなく舌の蠢きと摩擦を続行してくれた。

伸夫は快感を嚙み締め、心置きなく最後の一滴まで出し尽くした。

デスクの後ろに手を突き、荒い息遣いを繰り返しながら彼が力を抜くと、利奈も動きを止めて亀頭を含んだまま、口に溜まったザーメンをコクンと一息に飲み干してくれた。

「あう……」

キュッと締まる口腔の刺激に呻き、彼は駄目押しの快感を味わった。

利奈もチュパッと口を離し、なおも両手で錐揉《きりも》みするように幹をしごき、尿道口に脹らむ余りの雫までペロペロと丁寧に舐め取ってくれた。

「く……、もういい、有難う……」

過敏にヒクヒクと幹を震わせて言うと、ようやく彼女も舌を引っ込めてくれた。

「いっぱい出たわ」

利奈は股間から目を上げて言い、チロリと舌なめずりした。

伸夫は荒い呼吸を繰り返し、うっとりと余韻を味わった。

「そろそろ怜子さんが洗車を終えるので、私は受付へ戻るわね」

窓の下を見た利奈が言い、やがて資料室を出ていってしまった。

伸夫も呼吸を整えるとデスクを降り、身繕いをすると椅子に座って休んだ。

大きな快感を得て濃厚な射精をしたというのに、ティッシュ一枚使わずに済むというのは、何と贅沢なことだろう。

本当は資料を読んで企画を考えなければいけないのだが、彼は窓から射す柔らかな初夏の陽を浴びながら、ついウトウトと居眠りしてしまったのだった。

4

「仕事も済んだので、夕食付き合ってくれる？」

退社時、奈津緒が来て伸夫に言った。

他の皆は、すでに退社していった。もちろん彼に否《いな》やはなく、すぐ仕度して奈津緒と一緒に社を出た。

徒歩で行ける前に入ったレストランで、差し向かいに座ってグラスビールと料理を頼んだ。

「新企画は何か浮かびそう?」

「ええ、湘南を舞台にした文学作品巡りとかどうでしょう」

美人社長に訊かれて、伸夫は資料室で夕方までに考えておいたことを答えた。

「いいわね、それはまだやっていないと思うわ。明日にも有名な作品をリストアップしてみて」

「分かりました。じゃ文学だけで硬くならないように、コミックも入れてみます。湘南を舞台にした作品は多いので」

奈津緒が乗り気になってくれたようなので彼は笑顔で言い、運ばれてきたビールで乾杯した。

「新企画よりもそれ以前に、仕事は続けていけそう？」

「ええ、もちろんです。クビにならない限り、いつまでも頑張りますので」

「そう、安心したわ。他の女性ともいろいろと？」

「そ、それはノーコメントで構わないでしょうか……」

急に言われて、彼はしどろもどろになって答えた。

「いいわ、あれこれ自慢げにベラベラ喋るよりずっと」

奈津緒が言い、伸夫は全く、どこでテストされているか分かったものではないと思った。

やがて料理をつまみ、仲夫は次第に股間が疼いてきた。

彼を誘った以上、どうせ奈津緒も淫気を高めていることだろう。

今日は朝から百合子とホテルでしたし、昼過ぎには利奈に口内発射したのだ。

そのうえ夜に奈津緒と出来るとなると、日に三人というのはあまりに恵まれすぎている。

もちろん資料室でこっそり仮眠を取ったので心身ともに元気だし、美人社長が求めるのなら、いつでも喜んで快感を分かち合いたかった。

やがてグラスワインに切り替えて飲み、ステーキまで全て空にして食事を終えると二人は店を出た。

「社長室に来て」

「はい」

奈津緒が言うので彼も即答し、二人で社屋に戻った。中に入って施錠し、最上階まで上がると、社長室の奥にある私室に行った。

「脱ぎましょう。私はゆうべ入浴したきりだけど構わないわね？　あなたも今日はあまり動いていないでしょう」

「はい、もちろん」

彼が言うと、二人ですぐに脱ぎはじめた。

今日は百合子と済んでからシャワーを浴びたし、動いたのはゴミ出しだけだ。

それに奈津緒も興奮しているだろうから、ペニスに少々ザーメンや利奈の唾液の匂いが残っていても気づかないだろう。

「あの、僕は急いで歯磨きを……」

「そのままでいいわ。同じものを食べたのだから」

奈津緒が言い、伸夫も待ちきれないほど勃起しているので、構わず二人で全裸になった。

「してほしいことあったら言って」

「じゃ、足の裏を僕の顔に……」

ベッドに仰向けになって言うと、彼女も上ってきて、

「いいわ、そういうのしてみたかったの」

快く答え、彼の顔の横にスックと立った。

見上げると、スラリとして滑らかな脚が美しい。

奈津緒は壁に手を突いて身体を支えながら、そろそろと片方の足を浮かせ、彼の顔

に乗せてきた。

「ああ、ドキドキするわ……」

奈津緒が声を弾ませ、キュッと足裏で伸夫の鼻と口を踏んだ。

彼も感触と温もりに陶然となり、美女の足裏に舌を這わせはじめた。

形良く揃った指に鼻を押し付けると、やはり指の股はジットリと汗と脂に生ぬるく湿り、蒸れた匂いが悩ましく沁み付いていた。

伸夫は鼻腔を刺激され、充分に胸を満たしてから爪先にしゃぶり付き、全ての指の間にヌルッと舌を割り込ませて味わった。

「あう、くすぐったいわ……」

奈津緒が喘ぎ、感じるたびにバランスを崩して、思わずギュッと顔中を踏みつけてきた。

彼は足を交代させ、そちらも指の股に籠もった味と匂いを貪り尽くした。

そして足首を握って顔の左右に置き、

「しゃがんで」

下から言うと奈津緒もすぐに和式トイレスタイルでしゃがみ込み、長い脚をM字にさせた。白く滑らかな内腿がムッチリと張り詰め、熟れた股間が鼻先に迫ると生ぬるい熱気が顔中を撫でた。

「アア、恥ずかしいわ。すごく濡れているでしょう……」

奈津緒が喘いで言い、見るとはみ出した陰唇は大量の愛液に潤い、今にもトロリと滴り落ちそうになっていた。

伸夫は腰を抱き寄せ、柔らかな茂みに鼻を埋め込んで嗅ぎ、蒸れた汗とオシッコの匂いで鼻腔をいっぱいに満たしながら舌を這わせていった。

淡い酸味の愛液でヌラヌラと舌を蠢かせ、息づく膣口からツンと突き立ったクリトリスまでゆっくり舐め上げていくと、

「アアッ……、いい気持ち……」

奈津緒が喘ぎ、キュッと股間を押しつけてきた。

彼は悩ましい匂いに噎せ返りながら執拗に舌を這わせては、トロトロと溢れる愛液をすすって喉を潤した。

さらに白く豊満な尻の真下に潜り込み、顔中に双丘を受け止めながら谷間の蕾に鼻を埋め、蒸れた匂いを貪ってから舌を這い回らせた。

「く……」

ヌルッと潜り込ませ、滑らかな粘膜を探ると彼女が呻き、アナル処女を喪った肛門

でキュッキュッときつく舌先を締め付けてきた。

やがて前も後ろも充分に味と匂いを堪能すると、彼女が股間を引き離した。

そのまま彼の上にのしかかり、肌を撫で回しながらピッタリと唇を重ねてきた。

舌が潜り込むと、伸夫もチロチロと蠢かせ、美女の熱い吐息に鼻腔を湿らせ、唾液のヌメリに酔いしれた。

長いディープキスを続けながら伸夫の乳首をいじり、キュッと爪を立てると、

「く……」

彼はビクリと反応して呻き、ようやく唇が離れた。

「鼻の頭に、私の匂いが残ってる……」

奈津緒が近々と顔を寄せて囁いた。口から洩れる息は熱く湿り気を含み、彼女本来の白粉臭と食後の刺激が含まれて鼻腔を掻き回した。

そして彼女は伸夫の乳首に吸い付き、熱い息で肌をくすぐりながら舌を這わせ、キュッと噛んでくれた。

「あう、もっと強く……」

伸夫も甘美な刺激にゾクゾクと高まりながら呻き、奈津緒も左右の乳首を綺麗な歯で愛撫を繰り返した。

そのまま肌を舐め降り、脇腹や下腹にも痕が付かない程度に歯並びを食い込ませてくれた。彼はクネクネと悶え、やがて奈津緒は大股開きにさせた真ん中に腹這い、脚を浮かせて尻を舐め回した。

「あう……」

熱い息が股間に籠もり、舌がヌルッと潜り込むと彼は呻き、モグモグと肛門で美女の舌先を締め付けた。

奈津緒も厭わず舌を蠢かせ、脚を下ろして陰嚢にもしゃぶり付いた。

たまにチュッと睾丸を吸われると、彼は思わずウッと息を詰めて腰を浮かせた。

そして袋全体を生温かな唾液にまみれさせると、奈津緒は前進して肉棒の裏側をゆっくり舐め上げ、先端まで来ると粘液の滲む尿道口もチロチロと念入りに舐め回してくれた。

「男の子の匂い……」

彼女が言い、やはり昼過ぎに出したザーメンや利奈の唾液の匂いは感じないようだった。

あらためて張り詰めた亀頭をしゃぶり、舌をからめながらスッポリと喉の奥まで呑み込んでいった。吸われると、温かく濡れた口腔がキュッと締まり、

「ああ、気持ちいい……」

伸夫は快感に喘ぎ、美女の口の中でヒクヒクと幹を上下させた。

奈津緒も熱い息で恥毛をくすぐり、顔を上下させてスポスポと強烈な摩擦を繰り返し、彼も股間を突き上げはじめた。

「ンン……」

先端が喉の奥の肉にヌルッと触れるたび、奈津緒が呻いて新たな唾液がたっぷり溢れ、生温かくペニスをまみれさせた。

しかし彼が危うくなる前に、彼女はスポンと口を引き離したのだった。

5

「ね、オシッコしたいわ……」

「じゃバスルームへ」

奈津緒が言うので、伸夫も行為を中断して答え、二人でベッドを降りた。

バスルームに移動すると、

「中に入って」

彼女が空のバスタブを指して言うので、仲夫も素直に入って体育座りになった。

すると彼女がバスタブのふちに乗って跨がり、壁の手すりに摑まった。

さっきより幅の広い大胆なM字開脚に、仲夫は興奮に身を乗り出して股間に迫っていった。

すでに愛液が溢れて滴り、割れ目と内腿の間を淫らに糸が引いていた。

割れ目に顔を埋めて恥毛に籠もる匂いを貪り、愛液が大洪水になっている割れ目を舐め回すと、

「あう、すぐ出るわ……」

奈津緒が言うなり柔肉が迫り出し、味わいが変わったと思ったら、すぐにもチョロチョロと熱い流れがほとばしってきた。

仲夫は口に受け、淡い味と匂いを感じながら喉を潤すと、さらに勢いが激しくなって顔中まで温かく濡らされた。

「ああ……、いい気持ち……」

奈津緒がうっとりと喘ぎ、ゆるゆると長い放尿を続けた。

彼は全身にも浴びながら匂いに酔いしれ、ようやく勢いが衰えると割れ目に口を付けて直飲みをした。

完全に流れが治まると余りの雫をすすり、舌を挿し入れるとすでに内部は淡い酸味のヌメリが充ち満ちていた。

覗き込むと、大股で踏ん張っているためピンクの肛門も僅かに盛り上がり、彼は潜り込んでそこも念入りに舐めた。

「アア……、いい気持ち。でも疲れるわ。戻りましょう……」

奈津緒が言ってふちから脚を下ろすと、伸夫は身を寄せ、シャワーで流してナマの匂いが消えてしまう前に彼女の腋の下に鼻を埋め、生ぬるく甘ったるい汗の匂いに噎せ返った。

そして胸を満たしてから乳首に吸い付き、舌で転がして顔中で膨らみを味わい、左右とも充分に味わった。

「さあ、続きはベッドで……」

奈津緒が言って身を離し、やがてシャワーの湯を出すと二人バスタブの中で身体を流した。

そして身体を拭いてバスルームを出ると、すぐベッドに戻った。

再び彼を仰向けにさせると奈津緒は屈み込み、また念入りにペニスをしゃぶって生温かな唾液にまみれさせてくれた。

「ああ……」

　伸夫は快感に喘ぎ、美女の口の中で最大限に膨張していった。

　ペニスが充分に唾液に濡れると身を起こし、奈津緒は前進して自分から女上位で跨がってきた。

　幹に指を添え、先端に濡れた割れ目を擦りつけながら位置を定めると、息を詰めてゆっくり腰を沈み込ませていった。

　張り詰めた亀頭が潜り込むと、あとはヌルヌルッと滑らかに根元まで嵌まり込み、彼女は完全に座って股間を密着させた。

「アア……、いいわ……」

　奈津緒が顔を仰け反らせて喘ぎ、しばし上体を起こしたままキュッキュッと締め付けて若いペニスを味わった。

　伸夫も温もりと感触を味わい、濡れた柔肉の中でヒクヒクと幹を蠢かせた。

　やがて彼女が身を重ね、伸夫も下から両手で抱き留め、両膝を立てて豊かに蠢く尻を支えた。

　また唇が重なり、彼はネットリと舌をからめながら、小刻みにズンズンと股間を突き上げはじめた。

「アア……、すぐいきそう……」

奈津緒が唾液の糸を引いて口を離し、熱く喘ぎながら動きを合わせてきた。

熱い愛液が溢れて彼の肛門まで濡らし、二人の動きが一致するとクチュクチュと湿った摩擦音が聞こえてきた。

彼女の喘ぐ口に鼻を押し込んで熱い息を嗅ぐと、甘い白粉臭に微かなオニオンの刺激が鼻腔を掻き回してきた。喘いで口中が乾き気味だから、さっきより悩ましい匂いが濃くなっていた。

「唾を飲ませて……」

囁くと、彼女も懸命に唾液を分泌させて唇をすぼめ、白っぽく小泡の多いシロップをトロトロと吐き出してくれた。

小泡の全てに芳香が含まれているようで、彼はうっとりと味わい、喉を潤して酔いしれた。

「顔にもペッて吐きかけて……」

さらにせがむと、奈津緒も大きく息を吸い込んで止め、口を寄せてきた。

そして強くペッと吐きかけてくれた。熱い息を顔中に受け、生温かな唾液の固まりが鼻を直撃し、頰の丸みをトロリと伝い流れた。

美女の吐息と唾液の匂いが鼻腔を刺激し、彼は激しい興奮に股間の突き上げを強めていった。

「顔中ヌルヌルにして……」

高まりながら言うと、奈津夫も舌を這わせはじめた。

舐めるより、垂らした唾液を舌で塗り付ける感じで、たちまち彼の鼻の穴も頬も瞼も美女の唾液でヌルヌルにまみれた。

「アア、いきそうよ……、もっと強く突いて、奥まで……」

奈津緒が収縮と潤いを増して喘ぎ、股間だけでなく乳房も彼の肌にグイグイと擦り付けてきた。

伸夫はしがみつきながらジワジワと絶頂を迫らせ、何とか彼女が昇り詰めるまで必死に堪えた。

すると、たちまち奈津緒がガクガクと狂おしい痙攣を開始したのである。まだ彼は初心者とはいえ、今日すでに何度か射精しているぶん有利だったのだろう。

「す、すごいわ、いい気持ち……、アアーッ……！」

奈津緒がオルガスムスの快感に声を上ずらせ、吸い込むような勢いで膣内の収縮を強めた。

とうとう伸夫も絶頂に達し、溶けてしまいそうな快感の中で、ありったけの熱いザーメンをドクンドクンと柔肉の奥に勢いよくほとばしらせた。

「ヒッ……、熱いわ、もっと出して……！」

噴出を感じた奈津緒が息を呑み、さらにきつく締め上げながら身悶えた。

伸夫は心ゆくまで快感を噛み締め、最後の一滴まで美人社長の中に出し尽くしていった。

すっかり満足しながら徐々に突き上げを弱めていくと、

「アア……、すごかったわ……」

奈津緒も声を洩らして熟れ肌の硬直を解き、グッタリともたれかかり、遠慮なく彼に体重を預けてきた。

まだ膣内は名残惜しげな収縮が繰り返され、刺激されるたび射精直後のペニスがヒクヒクと過敏に内部で跳ね上がった。

「あう、もう動かないで……」

奈津緒も敏感になっているように呻き、幹の震えを抑えるようにキュッときつく締め上げた。

仲夫は彼女の喘ぐ口に鼻を押し付け、熱く濃厚な吐息で胸を一杯に満たしながら、うっとりと快感の余韻に浸り込んでいった。

重なったまま互いに熱い息遣いを混じらせ、やがて満足げに萎えはじめたペニスがヌメリと締め付けで押し出されてきた。

「ああ、抜けちゃう……」

奈津緒が名残惜しげに声を震わせたが、思わず彼がピクンと幹を震わせると、そこで反応した締め付けでツルッと抜け落ちてしまった。

「アア……」

今日の快楽はこれで終わり、とでもいうふうに彼女が声を洩らした。

ようやく奈津緒も上から離れて添い寝し、彼は甘えるように腕枕してもらい、温もりと匂いに包まれながら呼吸を整えた。

激情が過ぎ去ると、仲夫は明日の仕事を楽しみに思った。

何しろ得意分野なので、あっという間に湘南を舞台にした文学作品とコミックはリストアップできることだろう。

もちろん仕事への気持ちの切り替えは一瞬のことで、あらためて彼は密着している美人社長とセックスできる幸福感に包まれた。

（明日は、どんなことが待っているんだろう……）

そして伸夫は六人の美女たちを思い、また新たな快楽が得られることを期待し、胸を膨らませたのだった……。

（了）

※本作品はフィクションです。
作品内の人名、地名、団体名等は
実在のものとは関係ありません。

長編小説
六人《ろくにん》の淫《みだ》ら女上司《おんなじようし》
睦月影郎《むつきかげろう》
2022年6月27日　初版第一刷発行

ブックデザイン……………………… 橋元浩明(sowhat.Inc.)

発行人…………………………………………… 後藤明信
発行所………………………………… 株式会社竹書房
〒102-0075　東京都千代田区三番町8－1
三番町東急ビル6F
email：info@takeshobo.co.jp
http://www.takeshobo.co.jp
印刷・製本……………………… 中央精版印刷株式会社